소중한 사람들

SEOUL, 2006

소중한 사람들

초판 제1쇄 발행일 2006년 2월 27일
초판 제3쇄 발행일 2014년 6월 10일
지은이 아니카 토어 옮긴이 임정희
발행인 이원주 발행처 (주)시공사
주소 서울시 서초구 사임당로 82
전화 영업 2046-2800 편집 2046-2821~4
인터넷 홈페이지 www.sigongsa.com

ISBN 978-89-527-4519-4 43850
ISBN 978-89-527-5572-8 (세트)

*홈페이지 회원으로 가입하시면 다양한 혜택이 주어집니다.
*잘못 만들어진 책은 구입하신 서점에서 바꾸어 드립니다.

소중한 사람들

아니카 토어 지음 | 임정희 옮김

시공사

1

넓은 거리를 따라 전차가 덜컹거리며 달렸다. 슈테피는 멍하니 창 밖을 내다보았다. 거리, 집, 상점, 공원을 지나는 등굣길은 어찌나 익숙한지 굳이 보지 않아도 다 외울 정도였다. 슈테피의 의식은 어디론가 다른 곳에 머물렀다. 이곳이 아닌, 다른 거리와 집들에. 하지만 그곳은 그림자인 양, 꿈에 대한 기억인 양 아련하기만 했다.

"무슨 생각을 그렇게 하니?"

슈테피는 창문에서 눈길을 거두며 옆자리의 마이를 쳐다보았다.

슈테피가 말했다.

"아무것도 아냐."

마이가 말했다.

"나라도 있어서 다행이야. 안 그러면 내리는 데도 모르고 지나쳤을 거 아냐."

전차는 시끄럽게 끽 소리를 내며 산다르나에 멈췄다. 슈테피와 마이는 자리에서 일어서 다른 승객들과 함께 전차에서 내렸다. 산다르나는 종착역은 아니지만 도시와 시골의 경계 지역이었다. 언덕 꼭대기를 지나 굽은길을 돌면 이제 텅 비다시피 한 전차는 여름 별장이 즐비한 론게드라그와 온천이 있는 잘트홀멘을 향해 간다.

슈테피가 사는 곳은 경계지역이다. 도시의 가장 끝자락. 가장 멀리 떨어진 곳이다. 메르타 아줌마와 에버트 아저씨가 사는, 슈테피의 제2의 고향인 바닷가 섬 마을처럼. 부두와 작은 마을에서 멀리 떨어진 황량한 섬의 서쪽 자락에 놓인 하얀 집을 처음 보았을 때, 슈테피는 세상 끝 마을이라고 생각했다.

하지만 고향과 부모에게서 수백 킬로미터 떨어져 살아야 한다면 그곳이 어디든 간에 머나 먼 곳이기는 마찬가지다. 그러니 어디든 전혀 중요하지 않다. 어차피 떨어져 있는 걸.

두 사람은 길을 건넜다. 바로 앞에 나지막한 언덕 위로 흰색 초등학교 건물이 보였다. 산다르나 지역에 사는 가족들은 자녀 수가 많기 때문에 학교 건물은 수백 명의 아이들이 다닐 수 있게 널찍했다. 마이의 세 동생들도 이 학교에 다닌다. 막내 둘은 아직 어려서 학교에 안 다니고, 둘째인 브리텐은 지난 봄에 학교를 졸업해서 제과점에서 사환으로 일하기 시작했다. 이곳 산다르나에 사는 노동자 가족의 어린이들은 대개 이렇게 한다. 6학년을 졸업하면 학교를 그만 다닌다. 마이가 김나지움에 간 것은 특별한 경우였다. 예외라고 할 수 있다. 마이는 성적이 좋아서 장학금을 받을 수 있었기 때문이다.

마이가 말했다.

"이 망할 놈의 수학! 수학은 아무리 해도 안 돼. 어떻게 해야 할지 모르겠어. 이번 시험을 망치면 진급을 못할지도 몰라."

가을에 한 학년 진급을 하게 된다. 진급할 정도로 성적이 좋고 계속 장학금을 받을 수 있다면. 반 아이들은 모두 성적 때문에 걱정이지만, 슈테피와 마이는 장학금을 못 받으면 학교를 그만두어야 한다.

슈테피가 말했다.

"넌 꼭 해낼 거야. 내가 도와줄게."

도심지에서는 집들이 길 쪽을 향해 나 있다. 그 뒤편은 마당, 울타리, 창고가 어두컴컴한 미로처럼 어지럽게 놓여 있어 환한 거리를 지나다니는 사람들 눈에 잘 띄지 않는다.

그러나 이곳 산다르나에는 마당이 없다. 이곳에는 언덕 앞으로 집들이 다 드러나 있다. 언덕을 뒤덮은 잔디는 모두 지난해 난 것이어서 색이 바랬지만 곧 푸른빛을 내며 새 잔디가 자랄 것이다. 집들은 가로로 길게 설계되어 창문과 발코니로 햇살이 충분히 들어와 집 안 구석구석이 훤했다. 좁은 길을 따라가면 현관문이 나온다. 현관 옆에는 막대기가 달려 있어서 알록달록한 조각 양탄자를 걸어 환기시킬 수 있다. 사방은 아이들 소리로 시끄러웠다.

슈테피와 마이는 우선 식료품 가게에 가서 외상으로 저녁 식사 재료를 구입했다. 이곳에서는 모두 외상장부에 기록한다. 메르타 아줌마는 외상을 좋아하는 사람이 아니다. 메르타 아줌마가 세운 수많은 인생 법칙 중에는 절대로 남의 빚을 지지 않겠다는 것도 들어 있다.

시장을 본 후 두 사람은 에리크와 닌니를 놀이방에서 데려왔다. 에리크는 허풍선이 여섯 살짜리 꼬마로, 큰 누나 마이와 슈테피 눈에 띄지 않도록 숨어 다닌다. 그러다가 누나에게 들키기라도 하면 큰 형들과 놀기 위해 잽싸게 도망쳐 버린다. 하지만 세 살짜리 닌니는 언니를 안고, 뽀뽀하고, 품에 안겨 계단을 올라가는 걸 좋아한다. 닌니는 처음에는 마이에게 안겼다. 그러고는 곧 슈테피에게 안기겠다고 몸을 죽 뻗었다가 잠시 후 다시 마이에게 가겠다고 안달이었다.

마이는 4층으로 오르는 마지막 계단을 닌니를 안고 가면서 투덜거렸다.

"참 버릇장머리하고는."

슈테피가 웃으면서 말했다.

"그 버릇장머리를 누가 들였는데?"

"알아. 나도 안다고!"

이제 여덟 살짜리 군넬이 달려온다. 군넬은 세 사람이 오는 것을 보고는 학교에서 있었던 일을 들려주고 싶어 안달이었다. 군넬은 슈테피의 손을 잡으며 흥분해서 이야기를 했다. 군넬은 슈테피의 까만 머리와 갈색 눈에 감탄했다. 심지어 슈테피의 악센트가 강한 스웨덴어까지 흉내내고 싶어했다. 군넬은 늘 슈테피의 손을 잡거나 슈테피 무릎 위에 앉고 싶어했다. 슈테피도 대개는 군넬이 그렇게 하도록 내버려 두었다.

하지만 슈테피는 군넬이 슈테피 무릎 위에 앉아서 슈테피의 곱슬머리를 갖고 장난을 칠 때면 가끔씩 죄책감에 사로잡혔다. 넬리 때문이었다. 슈테피가 예테보리의 김나지움에 다니는 동안 친동생인 넬리는 섬에서 양부모인 알마 아줌마와 시구르드 아저씨 집에서 지낸다. 넬리는 한 달에 한 번 주말이나 방학 때 섬으로 가야만 만날 수 있다. 넬리는 이제 열한 살이 되어 간다. 이젠 언니 무릎에 앉고 싶어하지 않을 만큼 커버린 소녀다. 하지만 전쟁이 일어나기 전, 빈을 떠나오면서 슈테피는 넬리를 잘 돌보겠다고 부모님과 약속했다.

슈테피는 과연 동생 넬리를 잘 돌보고 있는 건지 자신이 없었다.

2

슈테피는 마이와 함께 사용하는 열쇠로 문을 열었다. 브리텐은 자기 열쇠가 있었지만 더 어린 동생들은 마이와 슈테피가 학교에서 돌아오거나 파출부로 일하는 엄마가 일을 끝내고 올 때까지 밖에서 기다려야 했다.

편지 투입구 아래로 바닥에 노란색 엽서가 떨어져 있었다. 슈테피는 엽서를 집어 들었다. 자세히 들여다보지 않아도 누가 보낸 건지 알았다.

초가을부터 빈에서는 부모님의 편지가 한 통도 오지 않았다. 몇 개월 동안 슈테피도 넬리도 부모님의 소식을 듣지 못했다. 부모님에 대한 걱정 때문에 슈테피는 애간장이 녹는 것 같았다. 시간이 흐를수록 점점 더.

그러다가 얼마 전에 드디어 엽서가 왔다. 지금 슈테피 손에 들려 있는 이 엽서와 똑같이 생긴 엽서였다. 엽서는 프라하 근처 체코슬로바키아의 한 수용소인 테레지엔슈타트에서 왔다. 독일군은 이곳에 유대인 수천 명을 모아 놓았다. 남자, 여자, 어린이……. 그들은 모두 빈, 베를린, 함부르크, 프라하에서 온 유대인들이다. 부모님이 슈테피와 넬리를 제때에 스웨덴에 보내지 않았더라면 지금쯤 자매도 이 수용소에 있었을 것이다.

테레지엔슈타트에서 온 엽서는 항상 똑같았다. 봉투는 없이 단순한 엽서였다. 엽서 내용은 짧았다. 슈테피는 글자 수를 세어 보았다. 항상 글자가 백 개였다. 날짜는 빼고. 백 개 이상은 쓰면 안 되나보다, 슈테피가 생각했다. 누군가 거기 앉아서 수천 장에 달하는 엽서마다 글자 수를 일일이 세나 보다. 그러니 엽서가 도착하기까지 적어도 한 달 이상, 때로는 더 오래 걸리는 것도 놀라운 일은 아니다.

첫 번째 엽서에서 아빠는 슈테피에게 식료품 소포를 좀 보내 달라고 청했다. 아빠는 필요한 물품을 적어 보내지는 않았지만 메르타 아줌마는 통조림, 말린 과일, 귀리, 오래 두고 먹을 수 있는 빵을 싸서 보냈다. 이제는 슈테피가 섬으로 갈 때마다 소포를 싸서 보낸다. 메르타 아줌마가 식료품 비용의 절반을 지불하고, 나머지 절반은 슈테피의 용돈과 크리스마스 전에 가게에서 꽃 배달을 하면서 번 돈으로 지불했다. 겨울에는 메르타 아줌마가 직접 짠 따뜻한 양말, 벙어리장갑, 목도리도 함께 넣었다. 때로는 마이 엄마인 티라 아줌마도 연유 한 통이나 건포도 한 봉지를 슈테피에게 주면서 다음 소포에 함께 넣으라고 말했다.

마이도 엽서가 슈테피 부모님에게서 온 거라는 걸 금방 알아챘다. 마이는 닌니를 바닥에 내려놓더니 슈테피가 들고 있던 장바구니를 받아들었다.

마이가 말했다.

"방에 가서 읽어. 아이들과 식사 준비는 내가 알아서 할게."

마이는 닌니를 질질 끌며 부엌으로 사라졌다. 군넬은 아직도 복도에 서서 외투를 벗는 슈테피를 쳐다보고 있었다.

마이가 부엌에서 소리쳐 불렀다.

"군넬! 얼른 이리 와. 슈테피가 혼자 있게 내버려 둬."

군넬은 마지못해 부엌으로 어슬렁거리며 사라졌다. 슈테피는 엽서를 들고 침실로 갔다. 마이, 브리텐, 군넬과 함께 쓰는 침실이었다. 마이 부모님은 닌니와 함께 큰 방에서 자고, 열한 살짜리 쿠레와 올레는 접이식 침대인 식탁 의자 위에서 잠을 잔다. 에리크는 욕실에서 잔다. 원래는 욕조가 놓여야 할 장소에서. 지금은 전쟁 중이라 욕조를 구하기가 힘

들다. 그래서 전쟁이 끝나면 욕조를 설치해 주겠다고 집주인
이 약속했다.

　슈테피는 이층 침대의 아래쪽 자기 침대에 앉아 편지를 읽
었다.

　　　1943년 3월 13일, 테레지엔슈타트

　　　슈테피!

　　　소포 잘 받았어. 고마워. 메르타 아줌마에게도 감사하
　　다고 전해 줘. 너희들이 보내 주는 구호물품이 우리에게
　　전 재산이나 다름없단다. 생각해 봐! 내가 수용소에서
　　〈마술피리〉의 '밤의 여왕' 아리아를 부르기로 했단다.

　　　　　　　너에게 입맞춤을 보내며
　　　　　　　　　엄마가

　글자 백 개다. 아주 간단하다. 슈테피는 엄마의 모습을 떠
올렸다. 연필로 편지를 미리 써 본 뒤에, 하고 싶은 말을 다
표현하기 위해 글자를 지우고 다시 쓰는 모습을. 엄마는 처
음에 '사랑하는 슈테피'라고 썼다가 나중에 '슈테피'로 바꿔

썼을지도 모른다. 그래야 한 글자라도 아낄 수 있으니까. 또 메르타 아줌마에게 감사의 말을 전해 달라는 부분에서도 '진심으로' 라는 말을 빼버렸는지도 모른다. 하지만 '생각해 봐!' 라는 말은 포기할 수가 없었나 보다. 근데 이건 무슨 말일까? 수용소에서 오페라 공연을 한다는 말일까? 그게 가능한 일일까?

'밤의 여왕'은 항상 엄마가 꿈꾸던 역할이었다. 엄마는 한 번도 오페라에서 이 역을 맡아 노래한 적이 없었다. 이 역을 맡기에는 너무 젊었다고 엄마가 말했었다. 독일군이 오기 전에 가족이 모두 함께 〈마술피리〉를 한 번 본 적이 있었다.

그렇다면 테레지엔슈타트는 그렇게 무시무시한 곳이 아닌 모양이지? 모차르트의 음악을 연주하고 노래할 수 있는 곳이라면 그렇게 끔찍할 수 없지 않을까?

슈테피는 작은 엽서를 이리저리 돌리고 뒤집어보았다. 글자 백 개 이외에 뭔가 더 찾을 수 있을까 해서. 어떤 속삭임, 어떤 단서, 어떤 대답이라도.

부엌에서 들리는 소음이 슈테피를 다시 현실로 되돌려놓았다. 닌니가 다치자, 마이는 저녁 식사를 준비하는 동안 어린 동생을 제대로 돌보지 못했다고 군넬에게 욕했다.

슈테피는 침대에서 일어섰다. 가능하면 집안일을 많이 도와주고 싶었다. 마이 집에서 살 수 있게 해 준 것을 생각해보면 집안일을 돕는 건 슈테피가 할 수 있는 최소한의 보답이었다. 마이의 부모님이 슈테피의 식사, 주거, 용돈 조로 피난민 원조기구에서 돈을 약간 받긴 하지만 그래도 마이 가족은 여전히 힘들었다. 슈테피를 빼고도 식구가 모두 아홉 명이다. 산다르나의 집은 예전에 살던 카피텐 스트리트의 집보다 더 크긴 하지만 여전히 좁기는 마찬가지였다.

여름에 슈테피가 섬에서 지낼 때는 메르타 아줌마가 돈을 관리했다. 슈테피의 식사비와 용돈을 제하고 남는 돈은 슈테피 이름으로 우체국에 저금을 해 주었다.

메르타 아줌마가 말했다.

"이건 네 미래를 위한 거야."

미래. 예전에 슈테피에게 있어 미래는 앞에 놓인 끝도 없는 긴 날들의 연속이었다. 탁 트인 경치 속으로 난 길과 같았다. 똑바른 길은 아니었지만 그래도 한 눈에 내려다볼 수는 있었다. 하지만 이제 슈테피는 앞에 놓인 길이 보이지 않았다. 늘 조심스럽게 한 발 한 발 내디뎌야 하는 안개 속을 천천히 걷는 기분이었다.

언젠가는 이 안개도 걷힐 것이다. 언젠가는 전쟁도 끝날 것이다.

슈테피는 부엌에 갔다. 마이는 감자를 삶고 막 청어를 굽던 중이었다. 청어 냄새가 진동했다. 슈테피는 코를 킁킁거렸다. 스웨덴에 온 이후 슈테피는 생선을 좋아하게 되었다.

슈테피가 물었다.

"도와줄까?"

마이도 물었다.

"아무 일 없지?"

"그런 것 같아."

"그럼 식탁 좀 차려줄래?"

슈테피는 접시와 잔을 식탁 위에 놓고 포크와 나이프도 옆에 놓았다. 부엌은 작았다. 열 명이 모두 한꺼번에 식사를 할 자리는 없었다. 마이와 슈테피는 학교에서 돌아오면 저녁을 준비했다. 준비가 끝나면 아이들을 불러서 함께 식사를 했다. 그러고 나면 티라 아줌마가 브리텐, 마이 아빠와 자신을 위해 음식을 데웠다. 일요일만 빼면. 일요일에는 식탁을 큰 방으로 옮겨서 함께 식사를 했다. 몇 명은 식탁에 앉고, 몇 명은 소파 테이블에 앉아서.

카피텐 스트리트의 집은 부엌이 더 컸다. 하지만 부엌을 제외하면 모든 게 이 집이 훨씬 나았다. 이 집은 크지는 않지만 훤하고 통풍도 잘 되었다. 거실에서 보면 복도를 가로질러 부엌과 부엌 창문까지 내다보였다. 벽지는 밝은 색으로 깨끗했고, 바닥에는 리놀륨이 깔려 있었다. 부엌에는 가스렌

지와 그릇을 두는 찬장이 있었다. 개수대 위에 달린 수도꼭
지와 욕실의 세면대에는 뜨거운 물도 나왔다. 창문 밑에는
히터가 설치되어 있어서 집을 따뜻하게 덥혀 주었다. 계단에
는 쓰레기 투입구가 있어서 아래층까지 쓰레기통을 들고 가
서 버릴 필요가 없었다. 이 집을 처음 보았을 때 티라 아줌마
의 눈에는 눈물이 글썽였다.

티라 아줌마가 말했다.

"생각 좀 해 봐. 가난한 사람들도 이렇게 잘 살 수 있다니.
정말 예쁘고, 환하고, 관리하기 편한 집이야."

슈테피는 티라 아줌마의 손을 바라보았다. 그 손은 파출부
로 일하는 집들과 또 자기 집을 위해 청소하느라 빨갛게 갈
라졌다. 티라 아줌마가 계속 말을 이었다.

"집에 따뜻한 물이 나오다니! 아이들이 더 어렸을 때 이런
집에서 살았어야 했는데. 그럼 너희들을 훨씬 깨끗하고 깔끔
하게 키웠을 텐데. 물론 에리크만 빼고 말이지. 에리크는 씻
고 나서 돌아서면 바로 또 더러워지니까."

산다르나는 새로운 시대의 시작이라고 마이가 말했다. 노
동자들이 현대적 주택과 함께 사회에서 더 많은 권력을 갖게
될 시대의 시작이라는 것이다.

전쟁이 끝나면.

전쟁이 끝나면.

3

대강당에서 마지막 수학 시험을 치르기로 되어 있었다. 슈테피는 시험을 치려고 대강당으로 들어설 때마다 기분이 불쾌했다. 나란히 정렬된 의자, 시험 감독을 보러 책상에 앉아 있는 선생님, 인쇄한 시험지에 나는 새큼한 알코올 냄새는 김나지움 1학년 때의 독일어 시험을 떠올리게 했다. 그때 크란츠 선생님은 슈테피가 독일어 시험지를 빼돌렸다고 누명을 씌웠다. 그때 받은 상처는 한동안 지속되었지만 결국 사라졌다. 이제 슈테피는 크란츠 선생님과 아무 문제가 없다. 슈테피가 달은 왜 남성 명사이고, 해는 왜 여성 명사인지 설명하지 못해도 크란츠 선생님은 한숨만 내쉬며 다른 학생에게 질문을 넘긴다. 슈테피는 독일어 문법에 대해 그렇다는 사실만 알 뿐이지 왜 그런지는 설명하지 못했다. 크란츠 선생님은 이제 슈테피의 발음도 문제 삼지 않고 그냥 빈 사투리로 말하도록 내버려 두었다.

슈테피는 이 모든 게 다 헤드비그 비에르크 선생님 덕분이라는 걸 알았다. 비에르크 선생님이 크란츠 선생님에게 슈테피를 좀 더 친절히 대해 줄 것을 요구했다. 비에르크 선생님은 크란츠 선생님의 마음을 돌려놓는 데 성공했다. 크란츠 선생님의 교사 경력이 30년인데 비해 비에르크 선생님은 겨우 5년 밖에 안 되긴 했지만 말이다. 슈테피로서는 이런 담임 선생님을 만난 게 행운이었다.

지리 선생님인 룬크비스트 선생님과는 더 힘들어졌다. 가을이 되자 룬크비스트 선생님은 새로 바뀐 유럽 지도를 걸어 놓고 독일이 전쟁에서 거둔 승리에 대해 언급했다. 독일이 일으킨 전쟁으로 변경된 국경은 계속 그대로 유지되어야 한다고 선생님이 말했다. 또 시간이 흘러 나중에는 독일이 점령한 국가들도 모두 독일제국에 편입되어야 한다고 말했다. 선생님은 팔을 높이 쳐들어 노르웨이에서 그리스까지, 모스크바에서 파리까지 지도를 가리켰다.

룬크비스트 선생님이 말했다.

"그렇게 되면, 스웨덴도 예외일 수가 없지. 그건 너희들도 보면 알 거야. 지리학적 사실이니까."

마이는 평소와 다름없이 룬크비스트 선생님 말에 반박했고, 선생님 역시 평소처럼 마이에게 나쁜 성적을 주겠다고 위협했다.

하지만 1943년 봄인 지금으로서는 룬크비스트 선생님도 이 문제에 대해 더는 확신을 못하는 것 같았다. 이젠 전쟁이 독일군에게 유리하게 돌아가지 않기 때문이다. 작년 가을에 영국군은 사막의 큰 전투에서 승리했으며 지금은 북아프리카에서 독일군을 추방하고 있다. 동부에서는 러시아 군대가 독일군이 스탈린그라드를 침공하지 못하도록 막는 데 성공했다. 스탈린그라드에서 포위된 독일군은 마침내 항복하고 말았다. 슈테피는 주간 뉴스에서 추위에 떨고 눈이 퀭한 군인들이 두 손을 번쩍 든 채 도시에서 나오는 장면을 보았다.

마이 아빠가 말했다.

"이제야말로 최후가 시작되는구나. 드디어 천년 역사의 독일제국도 끝나는구나. 소련연방을 공격하지 않았더라면 더 좋았을 텐데!"

최후가 시작된다니. 하지만 최후는 아직도 얼마나 더 걸리게 될까?

비에르크 선생님은 수학 시험지를 나눠 주었다. 슈테피는 보라색 잉크 글씨가 찍힌 알코올 냄새가 풍기는 시험지를 받아들자 생각에서 깨어났다. 비에르크 선생님은 슈테피에게

격려하는 듯한 웃음을 잊지 않았다.

모두 다 시험지를 받아들기 전에는 누구도 먼저 문제를 풀어서는 안 된다. 시험은 12시까지 3시간 동안 시험을 보게 된다.

슈테피는 얼른 문제부터 죽 살펴보았다. 모두 여덟 문제였다. 앞의 여섯 문제는 간단했다. 그 다음은 기하학 문제로 약간 자신이 없었다. 마지막 여덟 번째 문제는 아주 어려웠다. 그러나 문제를 두 번 읽어 보는 순간 슈테피는 알았다. 이 문제를 어떻게 풀어야 하는지 알아냈다!

슈테피는 줄이 그어진 연습 종이를 똑바로 펴놓고 연필을 잡았다. 슈테피는 문제를 풀기 전에 마이를 슬쩍 쳐다보았다. 마이는 슈테피와 같은 줄에 앉아 있었다. 마이가 좀 더 창가에 가까이 앉아 있을 뿐이었다.

마이는 시험지를 쥔 손을 앞으로 죽 뻗은 채 멍한 눈으로 시험지만 뚫어지게 바라보았다. 마이의 뺨이 불그스레했다. 슈테피는 마이가 당황해 한다는 걸 알았다.

마음 같아서는 마이에게 가서 자기 시험지를 보여 주고만 싶었다.

이거 모르겠어? 이렇게 말하고 싶었다. 이 문제가 얼마나 쉬운지 모르겠냐고? 앞의 여섯 문제는 쉽게 풀 수 있어. 이건 우리가 공부했던 문제들이잖아. 학교에서 또 집에서. 다음 두 문제는 어렵지만 굳이 풀려고 애쓰지 않아도 돼. 앞의 여섯 문제 중에서 한 문제를 틀린다고 해도 넌 합격할 수 있어. 당황하지 않고 끝까지 차분하게 푼다면 해낼 수 있어.

하지만 슈테피는 자리를 떠날 수도 없었고 말도 할 수 없었다. 마이의 침체된 기분을 풀어주기 위해 슈테피가 할 수 있는 건 아무것도 없었다. 마이의 눈길과 마주쳐 보려 했지만 그것도 안 되었다.

마이는 시간이 자꾸만 가는 데도 문제를 풀 생각조차 하지 않았다. 슈테피는 다시 한번 문제를 찬찬히 살펴본 뒤 문제를 풀기로 했다.

한 시간이 지났을 때 슈테피는 다섯 문제를 풀었다. 간단한 두 문제가 아직 남아 있었고 가장 어려운 마지막 문제도 풀어야 했다.

비에르크 선생님은 대강당을 한바퀴 빙 돌아보았다. 선생님은 마이 옆에 서더니 마이 어깨 위에 한 손을 올려놓았다. 마이는 애원하는 눈길로 선생님을 바라보았다. 마이와 슈테피 자리는 몇 미터 떨어져 있었지만 슈테피는 마이가 땀을 삘뻘 흘리는 걸 알았다. 마이는 다른 과목은 잘 하면서도 수학은 왜 저렇게 어려워할까?

슈테피는 간단한 두 문제도 푼 뒤, 이제 가장 어려운 문제를 풀기 시작했다. 슈테피는 벽시계를 슬쩍 쳐다보았다. 11

시 15분 전이었다. 이제 문제를 모두 푼 뒤 12시까지 해답을 다시 깨끗하게 옮겨 적어야 했다.

누군가 흐느끼며 우는 소리가 대강당의 고요함을 깨뜨렸다. 슈테피는 고개를 들었다. 마이는 책상에 엎드려서 울고 있었다. 구겨진 시험지가 바닥 위에 떨어져 있었다.

비에르크 선생님은 대강당 맨 앞에 놓인 의자에서 일어나 마이에게 다가갔다. 하지만 선생님이 채 가까이 다가오기도 전에 마이는 자리에서 벌떡 일어나 울면서 밖으로 나갔다. 비에르크 선생님도 어쩔 수가 없는 듯했다. 다른 학생들을 대강당에 그냥 내버려 두고 나갈 수가 없었다.

슈테피는 잠깐 머뭇거리다가 연습지를 모두 모았다. 연습지에 쓴 글씨는 다행히 아주 깨끗했다. 슈테피는 자신이 푼 답과 푸는 과정이 제대로 읽을 만한지 다시 한번 빠르게 확인했다. 그런 뒤에 연습지를 들고 앞으로 나가, 그 사이에 다시 자리에 돌아와 앉은 비에르크 선생님에게 제출했다.

슈테피가 말했다.

"다 했어요."

비에르크 선생님은 줄이 그어진 연습지와 연필로 쓴 글씨를 보았다. 종이를 한 장씩 넘겨 보았다.

비에르크 선생님이 물었다.

"확실하니?"

슈테피가 말했다.

"네."

선생님은 고개를 끄덕였다.

선생님이 말했다.

"널 믿는다."

슈테피는 정문 앞에 '방공호' 라고 적힌 지하실 계단에서 마이를 발견했다.

마이가 흐느껴 울었다.

"안 돼. 도저히 풀 수가 없었어. 하나도 모르겠어."

마이는 눈물로 뒤범벅이 된 동그란 얼굴을 슈테피 쪽으로 돌렸다. 안경은 손에 들고 있었다.

"엑스 제곱이니 와이 제곱근이니, 도대체 무슨 말인지 모르겠어! 수업 시간에는 좀 알아듣는 것 같았어. 네가 설명해 줄 때도 말이야. 하지만 막상 혼자 풀려고 하면 엑스와 와이 는 끔찍한 작은 벌레들처럼 다 흩어져 버려서 잡을 수가 없 어. 이해하겠니?"

슈테피는 고개를 끄덕였다.

슈테피가 말했다.

"하지만 이미 푼 문제라도 그냥 내지 그랬어. 기껏해야 틀 리기밖에 더 하겠어? 게다가 그 중에 맞은 문제도 분명히 있을 텐데."

마이는 이제 울음을 그쳤다.

마이가 말했다.

"기껏해야 틀리기밖에 더 하겠냐고? 아주 고맙구나. 시험을 완전히 제대로 망친 게 틀림없어."

슈테피는 웃었다. 이제야 마이가 다시 본래의 모습을 되찾았다.

슈테피가 말했다.

"비에르크 선생님하고 의논해. 어떻게든 도와주실 거야. 멍청한 벌레 몇 마리가 네 진급을 방해하도록 그냥 두고 볼 수는 없잖아, 안 그래?"

마이도 웃었다. 입가에 주름이 별로 안 잡히고 눈가에도 기쁜 표정이 어리진 않았지만.

마이가 말했다.

"그럼 안 되지. 그럴 수는 없지."

4

매주 수요일 저녁이면 슈테피는 베라와 함께 카페에 갔다. 슈테피는 카페 같은 곳에 가서 돈을 쓰는 게 좀 부끄러웠다. 이 돈으로 부모님에게 보내는 소포에 식료품을 더 많이 사서 넣을 수도 있을 텐데. 하지만 베라에게는 이런 말을 하고 싶지 않았다. 그러면 베라가 매번 슈테피 몫까지 지불하고 말 테니까.

베라는 돈을 벌었다. 바사슈타트의 어느 집에서 가정부 일자리를 얻었다. 그 집은 슈테피가 세 들어 살았던 스벤 집과 가까운 곳에 있었다. 좋은 일자리라고 베라가 말했다. 베라는 부엌 뒤에 딸린 작고 예쁜 방에서 생활한다. 여주인은 친절하고 집에는 어린아이들이 있어서 베라가 돌봐야 했다. 수요일과 토요일 저녁은 자유시간이고 목요일은 하루 종일 휴가였다. 다른 가정부들은 일주일에 하루 오후와 밤에만 자유시간을 갖는 게 보통이라고 베라가 말했다. 베라는 벌써 다른 집에서 일하는 가정부들과 알고 지내기 때문에 그런 사실을 알았다.

베라는 동료들과 외출도 하고 리스베리 유원지에 있는 술집 로타에 가서 춤도 추었다. 원래 그 술집 이름은 로툰데였지만 모두 로타라고 부른다는 게 베라의 설명이다. 몇 달 동안 베라는 슈테피더러 함께 가자고 설득했다.

베라가 말했다.

"얼마나 재미있는데. 좀 밖에 나가서 즐길 필요도 있어. 넌 항상 책만 들여다보고 있잖아."

하지만 그건 사실이 아니었다. 베라와 카페에 가는 것 말고도 슈테피는 영화관에도 가고 종종 콘서트에도 간다. 2년 전, 홀름이 영화관 앞에서 슈테피를 만난 일 때문에 슈테피가 성령강림절교회에서 거의 제명될 뻔한 사건 이후 메르타 아줌마와 슈테피 사이에는 말없는 합의가 이루어졌다.

당시 메르타 아줌마가 이렇게 말했다.

"난 네가 뭐가 옳고 그른지 안다고 믿는다. 하지만 교회에서 다시 널 제명시키려고 한다면 이젠 나도 어쩔 도리가 없구나."

하지만 춤을 추러 간다고? 슈테피는 이건 좀 지나치다고 느꼈다. 춤추러 가는 건 대부분의 사람들이 금지한다. 어쨌든 거의 대부분이.

베라는 커피 테이블 위로 몸을 숙였다.

베라가 말했다.

"슈테피, 무슨 일이 일어나겠어? 누가 널 보겠냐고? 난 여태 로타에서 섬사람을 한 번도 만난 적이 없었어. 아무도 모를 거야. 우린 그저 약간 즐기려는 것뿐이라고!"

베라는 푸른 눈으로 애원하듯 슈테피를 바라보았다. 베라의 빨간 머리는 현대식 헤어스타일로 어깨 길이까지 내려왔다. 앞머리는 파마를 했다. 그런데도 여전히 베라 머리는 단정하게 빗은 헤어스타일보다는 머리 위로 둥실 피어오른 구름 떼에 더 가까웠다. 슈테피가 섬에서 처음 베라를 만났던 그때처럼.

베라는 어린 소녀가 아니라 젊은 숙녀처럼 보이고 싶어했다. 베라는 벌써 열여섯 살이다. 베라는 최근에 새로 알게 된 사람들에게는 열여덟 살이라고 속였더니 믿더라는 이야기를 자랑스럽게 했다. 베라의 둥근 가슴은 몸에 딱 붙는 스웨터 밑에서 봉긋하게 올라왔고, 입술에는 빨간 립스틱이 칠해져 있었다. 집의 장롱 속에는 춤추러 갈 때 신는 실크스타킹도 있었다.

슈테피는 베라보다 4개월 밖에 어리지 않지만 베라 옆에 있으면 자신은 어린아이처럼 느껴질 때가 많았다. 슈테피는 하얀 블라우스, 단정하게 단추를 채운 니트 재킷, 주름치마를 입은 자신의 모습이 어린 여학생처럼 느껴졌다. 슈테피의 머리는 옆가리마를 타서 그냥 짧게 잘랐다. 슈테피는 평소 외모에 대해 별로 생각을 안 하지만 베라와 함께 있을 때만큼은 그럴 수가 없었다.

베라는 얼굴이 아주 예쁘다. 섬에 있을 때도 예뻤지만 지난 반 년 동안 베라는 활짝 피어나서 이젠 미인이 되었다. 슈테피는 베라가 잡지 표지모델이 되면 좋겠다고 생각했다. 아니면 영화 배우가 되거나.

그 순간 베라가 말했다.

"아, 이 말을 깜빡 잊고 안 했네! 나, 내일 사진 찍으러 가."

"어디로?"

베라가 설명했다. 지난 토요일에 로타에 갔을 때 늙은 남자가 베라에게 다가왔다. 그러니까 그렇게 늙은 남자는 아니고 마흔 살 정도 되어 보이는 남자였다. 하지만 로타에 오는 사람들은 나이가 많아야 스물다섯 살 정도니 그 정도면 여기서는 늙어 보인다. 처음에 베라는 그 남자가 약간 두려웠지만 남자는 아주 공손하게 대했다. 남자는 자신의 아틀리에를 가진 사진 작가라고 소개했다. 남자는 이름과 주소가 적힌 명함까지 갖고 있었다. 그 남자는 환상적으로 아름다운 베라의 얼굴을 찍고 싶다고 말했다. 사진은 어디에 쓸 거냐고 베라가 묻자 자신은 유명한 잡지들과 다 선이 닿아 있다고 대답했다. 베라의 사진을 틀림없이 팔 수 있다는 것이다. 그럼 베라처럼 아름다운 여자의 모습을 전 세계가 보게 될 거라고 남자가 말했다. 남자가 베라의 나이를 묻자 베라는 평소처럼 열여덟 살이라고 대답했다. 그러자 남자는 주소가 적힌 명함을 주면서 시간이 나면 찾아오라고 말했다. 그러더니 남자는 고개를 숙여 인사하고는 그 자리를 떠났다고 했다.

베라가 말했다.

"그 남자 아주 멋졌어. 멋진 양복을 입고 있었어."

슈테피는 순간 불길한 생각이 들었다. 베라의 설명에서 무엇인가가 슈테피의 마음에 걸렸다.

슈테피가 말을 꺼냈다.

"정말 거기 갈 거야? 생각해 봐. 혹시라도……."

베라는 어깨를 으쓱하며 웃었다.

베라가 말했다.

"전혀 위험할 거 없어. 원하면 친구와 같이 와도 좋다고 말했어. 혹시 내일 오후 세 시에 시간 있니?"

슈테피는 생각해 보았다. 내일 오후 세 시에는 독일어 수업이 있다. 감히 크란츠 선생님에게 흠 잡힐 행동을 할 수 있을까?

슈테피가 말했다.

"그건 어려워. 독일어 수업이 있거든."

베라가 말했다.

"무슨 소리야. 넌 독일어 잘 하잖아. 함께 가자!"

"좀 늦게 가면 안 되니? 네 시에는 갈 수 있어."

베라가 말했다.

"그건 안 돼. 적어도 두 시간은 걸릴 거라고 그 남자가 말했어. 근데 난 여섯 시에는 식사 준비를 하러 가야 해."

"수업이 끝나고 가면 안 될까?"

베라가 말했다.

"안 돼. 그건 좀 웃기잖아. 내가 나 자신도 제대로 건사하지 못해서 네가 살피러 오는 것처럼 말이야. 나하고 같이 가면 문제가 또 다르지만. 혹시 그 남자가 너도 사진 찍어줄지 아니?"

슈테피는 웃었다.

"난 표지모델로는 어울리지 않아."

베라가 말했다.

"너도 예뻐. 커다란 갈색 눈에다 광대뼈도 살짝 올라오고. 약간 화장하고 헤어스타일만 좀 바꾸면 돼. 토요일에 춤추러 같이 가자. 그럼 내가 너 예쁘게 꾸며 줄게!"

베라의 눈이 반짝였다.

슈테피가 말했다.

"이제 그만 좀 졸라. 내가 안 갈 거라는 거 너도 알잖아. 게다가 이번 주말에는 섬에 가야 해."

두 사람은 더는 사진에 대해서 말하지 않았다. 하지만 산다르나로 가는 전차 속에서 슈테피는 다시 불길한 기분에 사로잡혔다.

5

'네가 함께 왔더라면 좋았을 텐데.'

교실에서 슈테피는 이런 예로 독일어 가정법을 설명하는 크란츠 선생님의 목소리를 들었다. 슈테피는 메르타 아줌마와 에버트 아저씨가 열다섯 번째 생일 선물로 준 손목시계를 곁눈질로 쳐다보았다. 3시 10분이었다.

베라는 지금쯤 아틀리에에 있을 것이다. 마음을 바꿔 먹지 않았다면 말이다. 하지만 마음을 바꿔 먹었을 리가 없다.

베라는 '뭔가' 되고 싶어했다. 그 말은 유명한 영화 배우가 되거나 부자와 결혼한다는 뜻이다.

슈테피는 베라가 머리를 약간 기울인 채 곱슬머리 아래로 눈을 빛내며 사진 찍는 모습을 그려보았다. 어쩌면 베라가 하는 일이 옳을지도 모른다. 어쩌면 이 사진 작가는 베라를 한평생 요리하고, 청소하고, 다른 사람의 시중이나 드는 일에서 벗어나게 해 줄 기회인지도 모른다. 어쩌면 슈테피의 걱정이 전혀 쓸데없는 것일지도 모른다.

'어떤 관련이 있는지는 몰라도 어쨌든 조심하는 게 최선이다.'

크란츠 선생님이 말했다.

"이 문장 번역해 봐! 릴리안?"

릴리안은 동사 구조에서 막혀 버렸다.

'내가 너라면 그렇게 하지 않았을 거야.'

크란츠 선생님이 다음 문장을 말했다.

"이 문장은 네가 번역해 봐, 슈테파니!"

슈테피가 번역했다.

4시 20분 전, 드디어 수업이 끝났다. 마이는 학교위원회의 회의가 있어서 슈테피는 혼자 집으로 가야 했다. 마이는 단체와 회의를 좋아한다. 학교위원회 외에도 마이는 마요르나의 사회민주당 청소년 클럽의 서기로 활동한다.

슈테피가 교정을 가로질러 가는데 누군가 슈테피를 불렀다. 뒤돌아보지 않아도 비에르크 선생님의 목소리라는 걸 알았다. 슈테피는 그 자리에 서서 기다렸다.

비에르크 선생님은 3년 전부터 슈테피의 담임 선생님을

맡고 있을 뿐만 아니라 수학과 생물 선생님이기도 하다. 또 슈테피의 친구이기도 하다. 큰언니 같기도 하고 사촌언니 같기도 하다. 그 힘들었던 겨울, 슈테피가 스벤 집에서 살 수 없게 되었을 때, 슈테피는 비에르크 선생님 집에서 지냈다. 마이 가족이 새 집으로 이사 갈 때까지 말이다.

비에르크 선생님이 물었다.

"어떻게 지내니? 아무 문제없는 거지?"

슈테피가 말했다.

"네, 좋아요. 감사합니다."

비에르크 선생님이 말했다.

"아직 시험 채점을 다 못했어. 하지만 네가 푼 문제들은 하나도 틀린 게 없더구나. 연습지에 써서 냈다고 해서 감점을 주지는 않았어. 넌 그때 그럴 이유가 충분했으니까."

마이는요? 슈테피는 궁금했다. 마이 성적을 물어 봐도 될까? 아니면 그건 우정을 벗어나는 행동일까? 하지만 비에르크 선생님은 마이의 선생님이기도 하다.

비에르크 선생님이 말했다.

"마이가 어떻게 될지 너도 궁금하지? 사실대로 말하자면 나도 궁금해. 마이가 이 시험에 합격하는 게 얼마나 중요한 일인지 나도 알아. 진급하고 나서는 수학 대신 라틴어를 선택할 수 있어. 지난 번 두 시험도 간신히 합격했지. 그런데 이번에 또 이런 일이 벌어졌으니…… 쉽지 않을 거야. 나도 이번 주말에 그 문제에 대해 생각 좀 해 봐야겠어. 수요일에 시험지를 돌려 줄게."

비에르크 선생님은 슈테피와 함께 교정을 걸으며 물었다.

"근데 너도 라틴어 선택하니?"

슈테피는 고개를 흔들었다. 슈테피는 의사가 되고 싶었다. 아빠처럼. 아픈 사람들을 돌보고 싶었다. 특히 어린이들을. 병든 아이를 건강하게 해 준다는 건 얼마나 멋진 생각인가? 더군다나 생명까지 구해줄 수 있다면! 슈테피는 늘 이런 꿈을 꾸었다.

비에르크 선생님이 말했다.

"너는 장학금을 받는 데 아무 문제없을 거야. 네 생활비는 원조기구에서 교육이 끝날 때까지 대 주겠지?"

슈테피는 어깨를 으쓱했다. 그 문제는 미처 생각해보지 않았다. 슈테피는 원조기구가 계속 식비와 방값을 지불하고 필요하면 의복비도 약간 보조해 주는 걸 당연하다고 생각했다. 그러나 만약 그렇게 하지 않는다면…… 그럼 마이 집에서 더 생활할 수가 없다. 마이 가족은 식구 한 명을 더 먹여 살릴 형편이 아니었다.

"모르겠어요. 메르타 아줌마에게 한번 여쭤볼게요."

"그래라. 너처럼 재능이 많은 아이가 꼭 대학에 가야 한다

는 걸 원조기구 사람들이 이해 못한다면 그거야말로 놀랄 일
이지."

두 사람은 교문 앞에서 헤어졌다. 비에르크 선생님은 요한
네베리에 있는 작은 단칸방을 향해 떠났고, 슈테피는 산다르
나로 전차를 타고 갔다.

도중에 비가 퍼붓기 시작했다. 놀이방에서 닌니와 에리크
를 데리고 계단으로 올라가자 군넬, 쿠레와 올레가 벌써 와
서 계단에서 기다리고 있었다.

모두 집 안에 들어오자 집이 꽉 차고 시끄러웠다. 쿠레와
올레는 부엌 바닥에서 구슬놀이를 했다. 엄마나 마이가 집에
있었다면 감히 구슬놀이를 할 생각도 못했을 것이다. 아이들
은 슈테피를 만만하게 보았다. 군넬은 에리크가 자기 종이인
형에 수염을 그려 넣었다고 길길이 화를 내면서 슈테피더러
에리크를 때려 주라고 부탁했다. 닌니는 지쳤는지 계속 찡얼
거렸다.

슈테피는 부엌에서 소시지를 구우면서 자기는 나중에 자
식을 낳으면 제대로 못 키울 것 같다는 생각을 했다. 아니면
자기 자식은 좀 돌보기가 쉬울까? 그러다가 마이가 진급시
험에 떨어지면 어떻게 될지 곰곰이 생각해 보았다. 그럼 마
이는 일 년 더 학교를 다니다가 실업반에서 졸업 시험을 치

러야 한다. 그렇게 되면? 마이와 두 살 어린 브리텐조차 스스로 돈을 벌어 가계에 보태는데 과연 슈테피가 이 집에서 김나지움 학생으로 세 들어 살 수 있을까? 그렇게 되면 정말 마음이 편치 않을 것이다.

하지만 원조기구가 앞으로 3년 동안 슈테피에게 보조금을 안 준다면? 그럼 슈테피도 일을 시작해야 한다. 여러 가지 생각들이 머릿속에 맴돌았다. 슈테피는 그 생각들을 멈추게 하고 싶었다.

베라는 늘 이렇게 말한다.

"넌 생각이 너무 많아. 사람은 '살아 있어야' 하는 거야. 특히 젊을 때는 말이야. 계속 골똘히 생각만 할 게 아니라."

베라. 사진을 찍고 있을 베라. 시계를 보니 5시 15분이었다. 베라는 지금쯤 아틀리에를 나왔을 것이다. 집에 전화가 있으면 베라에게 전화를 해 볼 텐데. 하지만 이 집에는 전화가 없다. 그렇다고 가게에 전화하러 아이들만 남겨 놓고 갈 수도 없었다. 가끔씩 필요할 때 그렇게 하기도 하지만.

5시 반에 마이 엄마가 집에 돌아왔다. 식탁에 저녁 식사를 다 차려놓고 나자 슈테피는 피곤에 지쳤다. 티라 아줌마는 외투를 벗자마자 닌니를 달래고 군넬의 종이인형을 망친 에리크를 혼내 주었다. 쿠레와 올레는 문 밖에서 계단을 올라오는 엄마 발자국 소리가 들리자마자 구슬을 들고 부엌에서 도망쳤다.

소시지는 약간 탔고, 고추냉이 소스는 약간 덩어리가 져 있었다. 하지만 감자는 제대로 익었다.

티라 아줌마가 물었다.

"무슨 일이니? 걱정이 있는 깃처럼 보여. 부모님께 무슨 일이 있는 건 아니지?"

슈테피가 대답했다.

"아니에요. 아뇨, 부모님은 제가 보낸 소포를 잘 받으셨대요."

슈테피는 티라 아줌마에게 속마음을 털어놓고 싶었다. 티라 아줌마는 늘 무엇을 해야 하는지 잘 아는 것 같았다. 또 다른 사람들이 도무지 생각지도 못한 일을 해내기도 한다. 아줌마는 종종 몸도 안 좋고 허리와 무릎이 아프다고 호소하기도 하지만 늘 활발히 움직이고 기분도 늘 유쾌한 편이다. 아줌마는 화가 나서 욕할 때도 마치 장난처럼 보인다. 그렇게 활동적이면서도 눈길은 고요하고 맑다.

이제 그 눈길이 슈테피에게 머물렀다.

"누가 널 그렇게 기분 나쁘게 했니? 내가 가만히 안 놔둔다고 조용히 일러 주지 그랬어?"

슈테피는 웃고 말았다. 티라 아줌마는 슈테피를 에리크와 군넬처럼 아직 어린아이 취급을 한다.

슈테피가 말했다.

"아니에요. 약간 피곤해서 그래요. 요즘은 늘 숙제가 아주 많거든요."

티라 아줌마의 눈길은 곧 거두어졌다. 티라 아줌마에게 베라에 대해 뭐라고 말할 수 있단 말인가? 어차피 이미 늦었다. 슈테피는 베라와 함께 사진 작가에게 가지 않았다. 또 베라가 못 가도록 막지도 않았다.

티라 아줌마가 명령을 내렸다.

"쿠레와 올레! 너희들이 설거지 해. 슈테파니 누나는 숙제를 해야 하니까."

두 어린 남자 아이는 투덜거렸지만 순순히 말을 들었다. 그런데 슈테피는 베라를 어떻게 막을 수 있었을까? 베라는 전혀 설득당할 것 같지도 않았지만, 어쩌면 정말 더 나은 인생을 위한 기회일지도 모른다.

슈테피가 생각했다.

'하지만 내가 너라면, 베라, 난 안 갔을 거야.'

6

6시 조금 전, 슈테피는 아래층으로 내려가 베라에게 전화하기 위해 가게로 갔다. 하지만 베라는 통화 중이었고 6시면 가게 문을 닫는다. 판매대 뒤의 여자 점원이 퇴근을 못해 계속 안달을 하는 동안 슈테피는 세 번이나 전화를 걸었다. 세 번째 전화 뒤에는 슈테피도 포기했다.

다음 날 슈테피는 점심 시간에 학교 근처에 있는 담뱃가게에 가서 다시 베라에게 전화를 걸었다. 하지만 이번에는 아무도 받지 않았다. 학교가 끝나자마자 슈테피는 곧장 전차를 타고 부두로 가서 증기선을 타고 섬으로 갔다. 이번 토요일에는 수업이 없어서 메르타 아줌마와 에버트 아저씨 집에서 특별히 긴 주말을 보낼 수 있었다.

슈테피는 갑판에 서서 섬과 암초섬들을 바라보았다. 햇빛을 받은 화강암은 푸른 바다를 배경으로 회색, 갈색, 분홍색 등 수백 가지 빛깔로 오묘하게 반짝였다. 바위틈에서 자라는 덤불과 구부정한 나무들 주변으로는 연초록 풀들이 구름 떼처럼 잔뜩 피어 있었다. 자줏빛 야생 팬지꽃 무리들도 여기저기에서 빛났다.

슈테피는 처음 이 섬에 왔을 때를 떠올렸다. 그때에는 모든 것이 회색으로만 보였다. 이제는 암초섬도 제 색깔을 되찾았다.

아무도 슈테피를 마중 나오지 않았지만 에버트 아저씨의 보트 창고에는 빨간 자전거가 기대어져 있었다. 슈테피가 책과 빨래가 든 무거운 가방을 끌고 집까지 걷는 수고를 하지 않도록 누군가 자전거를 여기 세워 둔 것이다.

슈테피는 자기를 위해 신경 써 준 것이 기뻤다. '다이애나'가 제자리에 매어 있는 걸 보자 기쁨은 더 커졌다. 그 말은 에버트 아저씨가 집에 있다는 뜻이기 때문이다. 지난번에 섬에 왔을 때는 아저씨를 전혀 보지 못했다. 고기 잡는 일이란 게 그렇다. 어선은 일주일 이상 바다에 나가 있는 경우가 많았다. 언제 돌아올지는 날씨와 바람에 달려 있다. 전쟁이 시작된 요즘 같은 때에는 바다에서 군함이 이동하는 방향에 따라 어선이 영향을 받기도 한다.

슈테피는 책가방을 짐칸에 단단히 묶고 빨랫감을 담은 가방은 손잡이에 걸었다. 이제 자전거를 타고 페달을 밟았다. 넬리가 사는 노란 집을 지났다. 내일 넬리와 알마 아줌마를 방문할 생각이었다. 아니면 오늘 저녁에라도.

바람은 슈테피의 뺨을 부드럽게 어루만졌고, 자전거는 가볍게 굴러갔다. 이제 자전거를 탈 수 있게 되자 슈테피는 처음에 자전거 배우기가 왜 그렇게 힘들었는지 전혀 이해가 되지 않았다. 길이 두 갈래로 갈라지는 곳에 이르자 슈테피는 오래 전에 자전거를 타다 넘어져 도랑에 처박혀 있다가 베라에게 발각된 일이 떠올랐다.

슈테피와 마이는 전차비를 아끼기 위해 자전거를 타고 학교에 갈지 고민했다. 슈테피는 섬에서 타던 자전거를 예테보리로 가져가면 되었다. 마이는 중고 자전거를 구입하면 된다. 하지만 슈테피는 혼잡한 도시 교통에 약간 겁이 났기 때문에 마이가 자전거 살 돈을 아직 마련하지 못한 걸 내심 아주 좋아했다.

슈테피는 마지막 언덕 구간을 내려가 대문 앞에서 멈춰 섰다. 메르타 아줌마는 마당에서 빨래를 널고 있었다. 천이 거친 파란색 바지와 격자무늬 셔츠 등 주로 에버트 아저씨의 작업복이었다.

“더러운 빨래 더 가져 왔어요!”

슈테피는 소리치며 메르타 아줌마에게 빨래 가방을 내밀었다.

메르타 아줌마는 뒤돌아보며 빨래집게를 든 손을 흔들었다. 슈테피는 자전거를 세워 놓고 빨랫줄 앞으로 다가갔다. 빨래바구니에서 셔츠를 하나 집어 들어 메르타 아줌마가 막 걸어 놓은 빨래 옆에다 걸었다. 아줌마 허리에 묶인 작은 천 주머니에서 슈테피는 빨래집게를 하나 꺼냈다.

아줌마와 슈테피의 어깨가 서로 부딪쳤다. 메르타 아줌마에게는 이 정도가 가장 가까운 신체 접촉이다.

"자전거를 부두 창고 앞에 세워 두셔서 정말 고마웠어요."

메르타 아줌마가 말했다.

"넬리가 갖다 놓은 거야. 넬리가 어제 알마하고 우리 집에 왔었는데 내가 자전거를 부두에 좀 갖다 놓았으면 좋겠다고 부탁했거든. 넬리 자전거는 아직 우리 집에 있어. 내일 알마 아줌마 집에 넬리 자전거를 타고 갔다가 올 때는 걸어오도록 해라."

슈테피가 뒤돌아보자 넬리의 파란 자전거가 창고에 세워져 있는 게 보였다. 아직 어린 동생이 저렇게 큰 자전거를 타다니!

메르타 아줌마가 물었다.

"넬리는 내일 방문할 거지?"

아줌마의 질문에는 뭔가 중요한 뜻이 숨어 있는 것처럼 특별하게 들렸다.

슈테피가 대답했다.

"네. 그럴까 해요. 아니면 오늘 저녁 때 가던가."

메르타 아줌마가 말했다.

"아니. 기다렸다가 내일 가렴. 오늘 저녁에는 에버트와 내가 너와 함께 시간을 보내고 싶구나."

슈테피는 가슴 속이 따뜻해져 오는 걸 느꼈다. 이 아줌마가 슈테피가 처음 섬에 와서 그렇게 무서워했던 바로 그 아줌마란 말인가? 슈테피는 아줌마를 힘껏 안아주고 싶었지만 그럼 메르타 아줌마는 슈테피를 밀어내면서 너무 감상적이라느니 어쩌니 할 게 뻔했다. 슈테피가 바구니에서 셔츠를 하나 더 집어 들자 아줌마가 말했다.

"외출복이나 갈아입고 나서 빨래를 널어. 안에 들어가서 에버트 아저씨에게 왔다고 인사나 하렴."

에버트 아저씨는 커피 잔을 앞에 놓고 식탁에서 신문을 읽고 있었다. 슈테피가 들어서자 아저씨는 자리에서 일어섰다.

아저씨가 말했다.

"슈테피! 정말 오랜만이구나."

아저씨는 슈테피의 뺨을 어루만졌다. 아저씨도 포옹은 많이 하지 않았다.

슈테피는 커피 잔을 들고 와서 아저씨 맞은편에 앉았다. 갈색 커피를 잔에다 따랐다. 슈테피는 이곳 스웨덴에서 처음 커피를 배웠다. 물론 진짜 커피는 아니었다. 커피는 배급되기 때문에 특별한 경우에만 마실 수 있었다. 매일 마시는 커피는 쓰디 쓴 대용 커피였다.

에버트 아저씨는 슈테피가 설탕 통에서 각설탕을 두 개나 집어 커피에 넣는 걸 지켜보았다.

"메르타 아줌마가 안 보니 다행이구나. 아줌마는 설탕에 인색하잖아. 배급되는 모든 물품에 인색하긴 하지만. 커피 한 잔에는 설탕 한 조각이면 충분하다는 게 아줌마가 정한 규칙이야."

슈테피가 말했다.

"전 남들 두 잔 마실 때 한 잔 마시니까 설탕은 한 조각 대신 두 조각을 넣어도 돼요."

에버트 아저씨는 웃었다.

"남들 두 잔 마실 때 한 잔을 마신다? 너 참 영리하구나!"

"고기잡이는 어때요?"

에버트 아저씨가 말했다.

"늘 그렇지, 뭐. 우리가 잡는 생선은 좋은 값에 팔리기는 해. 하지만 빈 배로 돌아올 때도 있어. 종종 독일 군함에게 쫓겨나기도 하거든. 게다가 수뢰는……"

아저씨는 그만 입을 다물었다. 하지만 슈테피도 알았다. 전쟁이 일어난 뒤 스웨덴 어선 열두 척이 수뢰로 침몰했다. 약 오십 명에 달하는 선원들이 목숨을 잃었다.

"어쩔 수가 없단다. 고기는 잡아야 하니까. 안 그러면 뭘 먹고 살겠니?"

아저씨의 커다란 손은 식탁 위에 올려져 있었다. 아저씨의 왼손 엄지손가락 뿌리 부분에 난 기다란 상처가 햇살에 비쳐 하얗게 빛났다. 슈테피는 손을 뻗어 아저씨의 손을 어루만지고 싶었다. 하지만 아저씨가 어떻게 생각할지 몰라 자신이 없었다.

에버트 아저씨가 말했다.

"내일 다시 바다로 나가야 해."

"내일요? 지금 막 집에 돌아오신 거잖아요?"

"그렇긴 해. 하지만 해군이 모든 어선들에게 도움을 청했단다. 목요일에 스웨덴 잠수함 한 척이 실종되었대. 작전 중에 사라졌나 봐. 잠수함 이름은 '울프'야. 우린 그물을 쳐서 바닥을 샅샅이 찾아보기로 했단다."

슈테피가 긴장하며 물었다.

"잠수함에 타고 있던 사람들은 어떻게 됐어요?"

에버트 아저씨가 말했다.

"아직은 살아 있을 거야. 아직은 희망이 있어."

메르타 아줌마는 빈 빨래바구니를 들고 부엌으로 들어왔다. 아줌마도 커피 잔을 들고 와 식탁에 앉았다. 아줌마는 커피를 잔에 따른 뒤 설탕 통에서 각설탕 한 조각을 꺼내 두 동강을 냈다. 그러고는 반쪽은 설탕 통에 넣고 나머지 반쪽은 커피 잔에 넣었다. 슈테피와 에버트 아저씨는 서로 마주보며 빙긋 웃었다.

메르타 아줌마가 물었다.

"부모님에게서는 소식이 없니?"

"이번 주에 엄마에게서 엽서가 왔어요. 안부 전해 달래요. 소포도 아주 감사하게 받았대요."

에버트 아저씨가 물었다.

"다른 새 소식은 없니?"

"오페라에서 노래를 부르기로 했대요. 〈마술피리〉에 나오는 '밤의 여왕' 아리아를 부를 거래요."

"오페라라고?"

메르타 아줌마의 목소리는 미심쩍은 듯 들렸다.

"수용소에서?"

슈테피가 고개를 끄덕였다.

에버트 아저씨도 생각에 잠긴 듯했다.

"뭐라도 해야 했겠지. 인간답게 살기 위해 말이야."

슈테피는 에버트 아저씨의 파란 눈을 보았다. 바다처럼 파랗고 바다처럼 깊은 눈이었다.

슈테피가 말했다.

"네. 제 생각도 그래요."

7

　토요일 아침, 슈테피는 다락방의 작은 창문으로 비치는 눈부신 햇살에 잠을 깼다. 슈테피는 자리에서 일어나 한쪽 지붕이 비스듬한 다락방을 둘러보았다. 장롱 위에는 비너발트로 소풍을 가서 찍었던 가족사진이 놓여 있었다. 엄마 아빠 사진은 예테보리의 슈테피 침대 위에 걸려 있다. 그 사진만큼은 가까이에 두고 싶었다. 하지만 마이와 마이 여동생들과 방을 함께 쓰게 된 뒤부터 슈테피는 예전처럼 사진 속 부모님과 대화를 할 수가 없었다.

　슈테피는 사진을 바라보았다. 엄마, 아빠, 넬리, 슈테피. 당시 아빠가 친절하게 보이는 중년 남자에게 사진을 찍어 달라고 부탁했던 일이 떠올랐다. 가족이 모두 나오도록 말이다. 넬리가 놀다가 마지못해 얌전히 서 있느라 애먹었던 것도 생각났다. 엄마가 아빠에게 산책 갈 때는 야외용 장화를 신고 모자에는 깃털을 꽂아야 한다고 놀리던 것도 떠올랐다.

"당신 옷차림은 숲으로 산책 가는 사람이 아니라 병원으로 출근하러 가는 사람 같아요."

그로부터 일 년 뒤, 비너발트로 다시 한번 소풍을 갔다. 노이빌데그의 전차 종착역에는 갈색 유니폼을 입은 남자들이 서 있었다. 아빠는 전차에서 내리다가 갈색 유니폼을 입은 남자에게 제지당했다.

갈색 유니폼을 입은 남자가 무뚝뚝하게 말했다.

"시내로 돌아가시오. 여기엔 유대인이 안 왔으면 좋겠소. 신선한 공기가 더러워지니까. 비너발트는 오스트리아 사람들만을 위한 곳이오."

아빠는 따귀를 맞은 듯 비틀거렸다. 그때 엄마는 오스트리아 민요를 부르기 시작했다. 사람들이 멈춰 서서 엄마의 노래를 들었다. 많은 사람들이 입가에 웃음을 지었고 몇 명 어린 소녀들은 함께 노래를 따라 불렀다.

엄마는 노래를 끝까지 다 부른 뒤 슈테피와 넬리의 손을 각각 한쪽씩 잡고 다시 전차로 돌아와 앉았다. 아빠도 뒤따라왔다.

이것이 비너발트에서 보낸 마지막 소풍이었다.

"주인공은 늦게 등장하는 법이지."

슈테피가 부엌문에 모습을 드러내자 메르타 아줌마가 빈 정거리듯 말했다. 하지만 아줌마의 화난 목소리는 일부러 꾸민 것이었다. 뒤에는 웃음기가 숨어 있었다.

슈테피는 옷을 입고 아침 식사를 끝내자 다시 베라에게 전화했다. 이번에는 베라가 전화를 받았다. 베라 목소리는 좀 이상했다. 지금은 말하기 곤란하다고 말했다. 옆에 누가 있어서 전화를 받기 곤란한 모양이었다. 두 사람은 평소대로 수요일 저녁에 만나기로 하고 전화를 끊었다.

메르타 아줌마가 물었다.

"베라에게 무슨 일이라도 있니?"

슈테피가 대답했다.

"아뇨, 아니에요. 그냥 바쁜 모양이에요."

메르타 아줌마가 말했다.

"그 아이는 누가 보살펴 줘야 해. 그 젊은 것이 시내에 싸 돌아다니면 안 되는데."

"베라는 일하잖아요."

메르타 아줌마가 말했다.

"내 말이 무슨 뜻인지 너도 잘 알잖니."

에버트 아저씨는 '다이애나'를 살펴보고 무슨 새로운 소식이라도 있는지 알아보러 부두로 나갔다. 부두에서는 섬에서 일어난 일, 세상에서 벌어지는 일들을 들을 수 있다. 그런 곳은 부두 말고 또 있다. 우체국에서 일하는 홀름에게서도 세상일을 들을 수 있다.

메르타 아줌마는 식탁에서 식료품을 싸기 시작했다. 갈색 상자가 이미 준비되어 있었다.

메르타 아줌마가 말했다.

"이제 소포를 싸자꾸나. 다 싸고 나면 우체국에 가서 부쳐 라. 어차피 넌 마을로 갈 거잖아."

두 사람은 함께 귀리, 밀가루, 고기통조림, 말린 자두, 깡 통에 든 완두, 간유 한 통을 쌌다.

슈테피는 간유를 보며 소리쳤다.

"엑!"

"몸에 좋은 거야. 부모님은 틀림없이 비타민이 많이 필요 하실 거야."

물건을 다 챙겨 넣고 나자 메르타 아줌마는 병을 하나 꺼 내 설탕을 담았다. 슈테피는 의아한 듯 아줌마를 쳐다보았 다. 구하기 힘든, 배급받는 설탕까지 소포에 넣다니?

메르타 아줌마는 설탕을 담은 병을 소포 상자에 쑤셔 넣으 며 말했다.

"자, 이제 다 됐다."

아줌마는 상자를 덮은 뒤 꼼꼼하게 끈으로 묶었다. 슈테피는 주소를 썼다.

엘리자베스 슈타이너 부인, 블록 C Ⅲ, 테레지엔슈타트, 바우쇼비츠 우체국.

슈테피 부모님은 테레지엔슈타트에 주소를 몇 개 갖고 있었다. 남자와 여자들이 따로 거주하는 모양이었다. 결혼한 부부들조차. 슈테피는 엄마 아빠가 수용소에서 어떻게 생활하는지 궁금한 게 많았다. 두 사람이 얼마나 자주 만나는지, 낮에는 뭘 하는지, 슈테피가 보내는 식료품으로 엄마가 아빠에게 요리를 해 줄 수 있는지 등등.

슈테피는 넬리 자전거 짐칸에 소포를 고정시킨 뒤 가죽 끈으로 다시 한번 묶었다. 소포가 너무 무거워서 자전거가 언덕 위를 올라가지 못하자 슈테피는 자전거에서 내려 자전거를 밀어야 했다.

우체국에서 일하는 홀름은 여전히 수다스러웠다.

홀름이 말했다.

"아, 슈테피! 세월이 많이 흘렀구나. 네가 얀손 부인하고 함께 처음 여기 왔을 때가 엊그제처럼 아직 생생한데 말이야. 그때도 아마 우표 사러 왔었지? 안 그래? 근데 이제 다 커서 숙녀가 됐구나. 김나지움에도 가고 말이야."

홀름은 소포를 받아 무게를 쟀다. 우편 요금은 내용물만큼이나 값이 나갔다. 테레지엔슈타트로 가는 우편물은 모두 등기로 보내야 했다.

홀름이 물었다.

"베라 헤드베리는 잘 지내니? 베라도 도시에 있잖아. 아직도 친구로 지내지?"

슈테피가 말했다.

"물론이죠."

홀름에게는 가능한 한 짧게 대답하는 게 좋다. 홀름은 들은 이야기는 모두 다른 사람에게 퍼뜨리는데다가 종종 없는 얘기까지 지어내어 살을 붙이기도 하니까.

우체국에서 알마 아줌마 집까지는 그리 멀지 않았다. 알마 아줌마의 아이들인 엘사와 욘은 마당에서 놀고 있었지만 넬리는 보이지 않았다. 슈테피는 자전거를 세우고 현관문을 두드렸다. 알마 아줌마가 문을 열어 주었다.

알마 아줌마가 기쁜 듯이 외쳤다.

"슈테피! 반가워. 어서 들어 와. 넬리는 이층에 있어. 원한다면 이층으로 올라가 봐. 넬리하고 아래층으로 내려오면 주스와 과자를 줄게."

슈테피는 계단을 올라갔다. 이 집에는 이층에 침실이 세 개 있었다. 그 중 약간 작은 방에서 지금까지 넬리는 혼자 잠을 잤고, 엘사와 욘은 다른 방에서 함께 잤다. 이제 엘사는 넬리와 함께 방을 쓰게 되었다.

여자 아이들 방문은 닫혀 있었다. 슈테피는 노크를 한 뒤 문을 열었다. 방에 들어서자마자 슈테피는 방 분위기가 어쩐지 달라진 것 같은 느낌을 받았다. 엘사의 침대가 넬리 침대 맞은편에 놓인 것 이상으로 어떤 변화가 느껴졌다.

넬리는 침대 가장자리에 앉아 있었다. 뭔가 불만이 있는 것 같았다. 슈테피는 넬리 옆에 앉아서 넬리의 손을 잡았다. 넬리는 몸이 굳어 있었다.

넬리에게 무슨 일이지? 슈테피는 궁금했다. 넬리의 성격을 잘 알기 때문에 슈테피는 무슨 일인지 직접적으로 묻지 않았다.

슈테피는 대신 이렇게 말했다.

"정말 예쁜 옷이구나. 새 옷이니? 알마 아줌마가 만들어 줬어?"

넬리가 슈테피의 말을 따라했다.

"정말 예쁜 옷이구나! 언니는 내가 언제나 일곱 살인 줄 알지?"

길게 땋은 까만 머리, 불그레한 뺨, 커다란 갈색 눈의 넬리는 정말 예뻤다.

넬리가 소리쳤다.

"예쁘다니! 머리가 이 모양인데!"

"네 머리가 어때서 그래?"

"도시에서는 집시처럼 보여도 상관없는지 모르겠지만 여기서는 안 그래! 난 다른 사람들처럼 보이고 싶어. 금발에 푸른 눈 말이야. 난 스웨덴 사람이 되고 싶다고!"

슈테피가 물었다.

"누가 그것 때문에 널 놀렸니?"

슈테피는 섬에 온 첫 해에 실비아가 자신을 괴롭힌 사실이 떠올랐다. 하지만 넬리는 학교에서 아직도 친구들이 많았다.

"아냐. 하지만 나도 눈이 달려 있다고! 꼭 기형아처럼 보이잖아. 한번 봐!"

넬리는 장롱 위에 있는 사진을 가리켰다. 최근에 찍은 사진이었다. 알마 아줌마와 시구르드 아저씨는 나란히 앉아 있고, 욘은 알마 아줌마 무릎 위에 앉아 있었다. 엘사는 아줌마 옆에 서서 아줌마 어깨에 기대 서 있었다. 모두들 푸른 눈과 금발 머리를 한 둥근 얼굴이었다. 가족들 뒤로 넬리가 보였다. 넬리는 이국적인 한 송이 꽃처럼, 천일야화에 나오는 공주처럼 보였다.

슈테피가 말했다.

"정말 말도 안 돼. 알마 아줌마는 항상 널 친딸처럼 대하시잖아."

"난 정말 아줌마의 친딸이었으면 좋겠어!"

"어떻게 그런 말을 할 수가 있니? 넌 네 부모님이 있어. 그 사실을 잊어버렸어?"

넬리는 대답하지 않았다. 단지 어깨만 으쓱해보였다. 슈테피는 넬리를 흔들어대고 싶었다. 넬리를 마구 흔들어 불만투성이 얼굴로 투덜거리기나 하는 이방인에서 그 옛날 활기차고 인정이 많은 넬리로 되돌리고 싶었다.

그 순간 슈테피는 방의 분위기를 바꾼 게 뭔지 알아냈다.

사진이었다! 엄마 아빠의 사진이 없었다. 슈테피가 갖고 있는 것과 똑같은 사진이었다. 엄마 아빠 사진은 알마 아줌마의 가족사진이 놓인 바로 이 자리에 늘 놓여 있었는데.

슈테피가 물었다.

"너, 사진 어떻게 했어?"

넬리는 뽀로통하며 대답했다.

"엄마 아빠 사진 말이야? 장롱 서랍 속에 있어."

"왜 거기 넣었어?"

"엘사도 이 방에서 함께 지내잖아. 엘사도 그 사진을 계속 쳐다보고 싶진 않을 거라고."

"엘사가 그렇게 말했어?"

"아니."

슈테피가 말했다.

"넬리. 우리 부모님이셔. 네 부모님이라고. 그 사실을 잊지 않았으면 좋겠어. 부모님께 편지는 쓰니?"

“물론 쓰지. 매주 부모님께 편지해. 엄마 아빠에게 번갈아 가면서. 더 알고 싶은 거 있어?”

넬리의 목소리에는 힘이 들어갔다. 마치 자신을 변호하기라도 하듯이. 슈테피가 적이라도 되듯이.

슈테피는 바닥에 내려와 넬리 앞에 앉았다. 넬리의 손을 잡으며 눈을 마주치려 애썼다.

그때 알마 아줌마가 부르는 소리가 들렸다.

“슈테피! 넬리! 아래층으로 내려와서 주스 마셔.”

넬리는 슈테피를 옆으로 밀치며 일어섰다.

넬리가 말했다.

“알마 아줌마가 부르셔. 난 내려갈래.”

슈테피는 주스도 과자도 먹고 싶지 않았다. 그러면 알마 아줌마가 걱정할 거라는 걸 알지만 그렇다고 슈테피는 아무 일 없었던 것처럼 태연하게 굴 수가 없었다. 넬리가 자기와 더 얘기하길 싫어한다면 슈테피도 그냥 내버려 두는 수밖에 없었다.

“넬리를 잘 돌봐 줘.”

4년 전, 빈역에서 작별할 때 아빠가 말했다.

‘넬리를 잘 돌봐 줘.’

엄마 아빠는 편지마다 반복해서 이 말을 적었다.

'넬리를 잘 돌봐 줘. 넬리는 아직 어리잖니.'

슈테피는 엄마 아빠의 부탁을 어겼다. 슈테피는 김나지움에 가지 말았어야 했다. 넬리와 함께 지냈어야 했다. 슈테피가 언니이기 때문에 책임이 있다.

넬리를 위해서 김나지움을 그만두어야 하는 걸까? 하지만 학교를 그만두면 일을 해야 한다. 섬에서는 여자 아이가 할 일이 없다. 섬에 사는 여자 아이들은 도시에 가서 가정부일을 해야 한다. 베라처럼. 아니면 공장에서 일하거나. 아니면 어부와 결혼해서 섬에서 살거나.

게다가 이젠 이미 늦었다. 이제 슈테피는 넬리를 돌볼 수가 없다. 넬리가 그걸 허락하지 않을 테니까.

8

　일요일 저녁, 배를 타고 예테보리로 돌아가기 전에 슈테피는 메르타 아줌마에게 원조기구에 전화해서 슈테피의 생활비를 3년 더 보조해 줄 수 있는지 알아봐 달라고 부탁했다. 메르타 아줌마는 그렇게 하겠다고 약속했다.

　예테보리로 돌아가는 길에 슈테피는 다시 갑판에 서 있었다. 하지만 이번에는 바닷물만 쳐다보았다. 수면은 매끄럽고 고요했다. 저 바닷속 깊은 어딘가에 사라진 잠수함이 있을지도 모른다.

　그날 밤 슈테피는 다른 사람들과 좁은 공간에 갇혀 있는 꿈을 꾸었다. 산소가 거의 바닥이 났다. 슈테피는 질식할 것 같은 기분 때문에 잠에서 깼다.

비에르크 선생님은 교탁 앞에 시험지 한 뭉치를 놓고 학생들을 바라보았다. 34쌍의 눈이 선생님의 눈만 쳐다보았다. 불안한 듯, 애원하는 듯, 아니면 자신감에 차서. 마이만 멍하게 책상을 바라보았다.

비에르크 선생님이 말했다.

"시험 결과는, 썩 좋지는 않았어. 이번에는 만점 받은 사람이 아무도 없구나. 그렇다고 시험에 떨어진 학생도 아무도 없어. 물론 몇 명은 겨우 불합격을 면하긴 했지만 말이야. 자, 더 고문하지 않고 얼른 나눠 줄게. 울라, 시험지 좀 나눠 주겠니?"

반장이 앞으로 나가 시험지를 들었다. 한 명씩 차례대로 시험지를 돌려받았다. 몇 명은 시험지를 얼른 넘겨 보았고, 아무렇지도 않은 듯 애써 태연하게 구는 아이들도 있었다. 슈테피는 잽싸게 시험지를 보았다. 32점 만점 중에서 28점을 받았다. 이 정도면 좋은 성적이었다.

마이 쪽을 돌아보니 마이는 여전히 멍하니 책상만 바라보고 있었다.

비에르크 선생님이 말했다.

"이제 마이만 남았지. 넌 시험지를 안 냈어. 시험 볼 때 몸이 아팠었지?"

마이는 고개를 들었다. 마이의 입술이 움직였지만 한 마디도 나오지 않았다.

비에르크 선생님이 물었다.

"그렇지? 어쨌든 내게는 네가 아픈 걸로 보였어. 그래서 네 시험 성적은 채점 안 하기로 했어. 하지만 네가 시험 범위를 제대로 공부했는지 물론 내가 검사해야겠어. 문제를 몇 가지 내 줄 테니까 앞으로 몇 주 동안 집에서 풀어오길 바란다. 짐심 시산에 교무실로 오면 시험 문제를 알려 줄게."

마이의 입술은 다시 움직였지만, 옛날 무성 영화처럼 소리는 나지 않았다. 하지만 슈테피는 마이가 이렇게 말하는 것을 알았다.

"감사합니다, 비에르크 선생님."

점심 시간에 비에르크 선생님과 면담을 하고 나서 마이의 기분은 훨씬 밝아졌다. 비에르크 선생님은 숙제를 제대로 풀어오면 수학에서 불합격시키지 않겠다고 약속했다.

마이가 슈테피에게 설명했다.

"조건이 하나 있대."

"그게 뭔데?"

"진급하게 되면 라틴어를 선택하고 수학은 포기한다는 조건이야. 내가 안 그러기라도 할 줄 아셨나 보지!"

슈테피가 말했다.

"그럼 내년에는 같은 반에서 공부할 수 없겠네."

"응. 아쉬운 일이야."

마이는 슈테피 어깨 위에 팔을 둘렀다.

마이가 말했다.

"그래도 우린 가장 친한 친구야. 어떤 일이 있어도."

학교가 끝나고 집으로 돌아가는 길에 두 사람은 가게 앞에서 헤어졌다. 마이는 닌니와 에리크를 데리러 가야 했다. 슈테피는 가게에서 메르타 아줌마에게 전화한 뒤 저녁 식사거리를 사기로 했다.

신호음이 한참 울리고 나서야 메르타 아줌마가 전화를 받았다.

"얀손입니다."

슈테피가 말했다.

"저예요. 원조기구와 통화하셨어요?"

순간 조용해졌다.

잠시 후 메르타 아줌마가 이렇게 말했다.

"응, 했어."

"뭐라고 하던가요?"

다시 침묵.

그러더니 이런 말이 들렸다.

“김나지움이 정말 그렇게 중요하니?”

“그 사람들이 그렇게 묻던가요?”

메르타 아줌마가 말했다.

“너 나이만한 피난민 아이들은 대부분 스스로 생계를 꾸려 나간다고 하더구나. 기부금이 충분히 모이지가 않는대. 사람들도 다들 자기 살 걱정에 바쁘니까. 앞으로 일 년만 더 학교에 보내 주겠대. 그럼 너도 실업반에서 졸업 시험을 봐서 사무실에서 좋은 일자리를 얻을 수 있을 거야. 아니면 간호사가 되던가. 간호사는 교육을 받으면서 비용과 숙식이 제공되잖아.”

슈테피의 손은 검정 수화기를 꽉 붙잡았다. 뭐라도 꼭 붙잡아야만 했다.

“그래서 뭐라고 말씀하셨어요?”

“그게 옳은 것 같다고 말했어. 여자들은 결혼하면 그만이니까. 물론 공부할 수 있다면야 좋겠지. 하지만 김나지움을 다녀도 직업 교육은 못 받잖아. 그러니 김나지움을 다녀봤자 무슨 소용이 있겠니?”

슈테피가 나지막한 소리로 말했다.

“하지만 전 의사가 되고 싶다고요. 아줌마도 아시잖아요.”

메르타 아줌마가 말했다.

“아가야. 그런 생각일랑 버리는 게 좋겠구나. 지금은 그럴 때가 아니야."

슈테피 눈에 눈물이 솟구쳤다. 판매대 뒤에 있던 여점원이 호기심어린 눈으로 슈테피를 쳐다보는 것 같았다. 그래서 슈테피는 얼른 통화를 끝낸 뒤 돈을 내고 가게를 나왔다. 슈테피는 주택 사이로 난 모래밭 벤치에 앉았다. 이런 일은 전혀 예상치 못했다. 상급 학교에 진학해도 좋다는 허가서를 받았을 때는 당연히 대학 입학 자격 시험인 아비투어까지 보게 될 줄 알았다.

실업반, 사무직, 간호사 교육. 이런 건 슈테피가 꿈꾸었던 미래가 아니다. 부모가 원하던 슈테피의 미래도 아니다.

여태까지 잠자고 있던 신랄한 기분이 다시 고개를 쳐들었다. 메르타 아줌마와 에버트 아저씨의 친딸 안나 리사가 열두 살의 나이로 죽지 않았더라면, 그 아이는 분명 공부할 수 있지 않았을까? 본인이 공부하기를 원했다면? 틀림없다! 그랬다면 아줌마와 아저씨는 똑똑한 딸을 자랑스럽게 여겼을 것이다. 하지만 양딸은 문제가 다르다.

벤치에 20분 정도 앉아 있던 슈테피는 마이가 저녁 식사를 기다린다는 사실이 갑자기 떠올랐다. 저녁 식사거리는 깜빡 잊고 사지 못했다!

슈테피는 다시 가게로 가서 여점원의 동정하는 듯한 눈길을 애써 외면했다. 여점원이 괜찮은지 친절하게 물었을 때도 슈테피는 간단하게 대답했다.

"그럼요!"

슈테피는 저녁을 요리하고 식사할 때도 마이에게 아무 말도 하지 않았다. 지금의 슈테피는 아이들 틈바구니 속에서 견딜 힘이 없었다. 이제 곧 외출해야 했다. 카페에서 베리와 만나기로 약속이 되어 있었다. 하지만 이번만큼은 그 약속이 즐겁지가 않았다. 차라리 마이와 산책이나 하면서 장래에 대해 이야기하고 싶었다.

슈테피가 카페에 도착했을 때 베라는 이미 와 있었다. 베라는 약간 창백했지만 입술은 여전히 빨갛게 반짝였다. 두 사람은 커피와 케이크를 주문했다.

슈테피는 더는 혼자 마음속에 담고 있기가 힘들었다. 그래서 원조기구, 메르타 아줌마, 김나지움에 대한 이야기를 폭포처럼 쏟아냈다.

"그러더니 아줌마는 여자는 어차피 결혼하면 그만이라고 하는 게 아니니!"

"그럼 넌 결혼 안 할 거니?"

슈테피가 말했다.

"할지도 모르지. 하지만 난 그 전에 의사부터 될 거야."

베라가 말했다.

"얀손 씨 부부는 구두쇠야. 그 사람들은 틀림없이 널 김나지움에 보낼 능력이 있어. 너한테 그게 그렇게 중요한 문제라면 말이야. 얀손 씨 부부는 돈을 잘 번다고."

슈테피는 입을 다물었다. 슈테피도 똑같은 생각을 하긴 했지만 그렇다고 베라 앞에서 메르타 아줌마와 에버트 아저씨를 욕하고 싶지는 않았다. 그래서 대신 이렇게 물었다.

"목요일엔 어땠어? 사진 작가에게 간 일 말이야?"

베라는 커피 잔만 만지작거리면서 커피가 일으키는 소용돌이를 바라보았다.

"좋았어."

베라는 이렇게 한마디로만 대답하는 경우가 거의 없다.

"좋았다고?"

"응. 사진 작가가 필름을 세 통이나 찍었어. 이번 주에 잡지사로 사진을 보내겠다고 약속했어."

"그럼 사진은 못 보는 거야?"

베라는 어깨를 으쓱했다.

"모르겠어. 내겐 아무래도 상관없어."

슈테피는 전혀 이해가 되지 않았다.

"네 사진을 안 보고 싶니?"

베라가 말했다.

"아, 우리 딴 얘기 하자. 토요일에 로타 같이 가는 거지?

제발!"

그러자 갑자기 슈테피는 메르타 아줌마에게 화가 치밀어 올랐다. 인생을 어떻게 살아야 한다고 정해 놓은 아줌마의 규칙과 선입견들에도 화가 났다. 여자는 결혼하면 그만이라는 말에도. 춤추러 가는 게 죄라는 말에도 화가 났다.

슈테피가 왜 메르타 아줌마의 규칙에 복종해야 한단 말인 기? 즐거움을 주는 일은 모두 반대하는 하느님을 슈테피가 왜 상관해야 한단 말인가? 몇 시간 전이었더라면 슈테피는 이렇게 대답했을 것이다.

안 돼. 메르타 아줌마를 위해서 말이야.

하지만 지금은 아줌마 따위는 아무 상관도 없었다.

슈테피가 말했다.

"그래. 같이 가자. 근데 입을 옷은 네가 좀 빌려 줘야겠어."

9

비에르크 선생님은 슈테피 문제의 중요성을 당장 인식했다. 다음 날 아침 생물 시간이 끝나자 비에르크 선생님은 괘도를 지도 보관실로 옮기는 걸 좀 도와 달라고 슈테피에게 부탁했다.

비에르크 선생님이 물었다.

"어떻게 됐니?"

선생님의 목소리는 염려하듯 하면서도 다정했다.

슈테피가 대답했다.

"안 된대요. 아비투어까지 보조해 줄 수 없대요. 실업반에서 졸업 시험을 볼 수는 있지만 더는 안 된대요."

비에르크 선생님은 이마를 찌푸리다가 잠시 웃었다.

"그럼 이제 실업반에서 널 일 년 더 가르칠 수 있겠네. 너도 알겠지만 난 상급반은 맡을 수가 없거든. 너무 젊어서 말이야."

선생님은 사람 내장이 그려진 괘도를 제자리에 넣었다.

선생님은 다시 말을 꺼냈다.

"농담이 아니라, 확실한 결정이래?"

"그런 것 같아요. 그렇게 보였어요."

"그 사람들하고 직접 얘기해 봤니?"

"아뇨. 메르타 아줌마가 전화하셨어요."

"아줌마는 뭐라고 하셔?"

"여자는 결혼하면 그만이래요. 간호사가 될 수도 있고요."

비에르크 선생님은 한숨을 내쉬었다.

"그런 말을 들으면 난 정말 운이 좋다는 걸 느껴. 여학교 졸업반일 때 우리 반 여자 아이들 중에서 나만 아비투어를 보고 대학에 가서 공부할 수 있었어. 그 점에 대해서는 우리 어머니에게 감사해. 우리 어머니도 늘 대학에서 공부하는 게 꿈이었지만 그렇게 못하셨거든. 그로부터 이제 약 이십 년이 흘렀으니까 세상이 변했을 거라고 생각했어. 여자들에 대한 이런 선입견 말이야……"

선생님은 말을 중단했다.

"하지만 지금은 여자들의 권리에 대한 강의는 듣고 싶지 않겠지?”

선생님이 말했다.

“곧 수업 종도 칠 거야. 네 문제에 대해서는 내가 생각해 볼게. 좋은 방법이 떠오를 거야. 일요일 오후에 우리 집으로 커피 마시러 와. 그때 조용히 얘기하자. 두 시 어때?”

슈테피가 말했다.

“감사합니다. 정말 감사합니다. 비에르크 선생님.”

토요일에는 베라 일이 6시에 끝난다. 6시 15분에 슈테피가 부엌문을 두드리자 베라가 문을 열어 주었다. 베라 머리에는 온통 웨이브용 롤러가 말려 있었다.

“들어 와.”

베라는 슈테피를 부엌에 딸린 하녀 방으로 데리고 갔다.

“주인 부부는 곧 외출할 거야. 하지만 아직은 집에 있어.”

베라 침대에는 방금 다린 옷이 놓여져 있었다. 작은 흰색 물방울무늬에, 어깨에는 심이 들어가고 앞단추가 달린 옷이었다.

“이 옷 마음에 드니?”

슈테피가 말했다.

“이거, 네가 입을 옷 아냐?”

베라는 세면대에 쳐놓은 커튼 앞 옷걸이에 걸린 파란색 꽃무늬 원피스를 가리켰다.

"난 저 옷 입을 거야. 자, 이제 네 머리부터 좀 어떻게 하자꾸나. 우선 블라우스를 벗어."

베라는 커튼 뒤에 있는 세면대에서 슈테피의 머리를 감겨 주고는 웨이브용 롤러로 말아 주었다. 그런 다음 작은 핀셋으로 슈테피의 눈썹을 다듬어 주었다. 따끔거렸지만 슈테피는 이를 악물고 참았다.

이제 베라는 슈테피의 하얀 면 내의를 조심스럽게 살펴보았다. 장롱 서랍에서 브래지어를 하나 꺼냈다.

베라가 말했다.

"너한테 클지도 몰라. 스타킹으로 속을 채우면 돼."

슈테피는 내의를 벗었다. 자기 가슴이 너무 작다는 생각이 슈테피를 약간 당혹스럽게 만들었다. 베라는 브래지어 속에 스타킹을 쑤셔 넣은 뒤 자연스럽게 보이도록 매만졌다.

베라가 말했다.

"원피스를 입으면 눈에 안 띌 거야."

베라는 볼연지를 약간 묻혀 슈테피의 뺨에 바른 뒤 그 위에는 분을 바르고 입술은 빨갛게 칠했다. 베라가 자기 얼굴에 화장하고 롤러를 푸는 동안 슈테피는 거울 속에 비친 자기 얼굴을 들여다보았다. 입술을 빨갛게 칠하고 나자 갑자기 엄마 얼굴과 약간 닮아 보였다. 베라 말이 옳은지도 몰라.

슈테피는 생각했다.

'내 얼굴도 좀 예쁜 것 같아.'

슈테피는 영화 배우처럼 입술을 뾰족 내밀고 눈썹을 깜빡거려 보았다.

하지만 베라가 물결치는 곱슬머리와 입가에 웃음을 띠며 뒤돌아보았을 때 슈테피는 자신에게 없는 뭔가가 베라에게는 있다는 걸 느꼈다. 눈, 피부, 머리카락에서 빛나는 뭔가가. 슈테피는 그게 뭔지 알 수가 없었다.

슈테피의 머리가 다 마르자 베라는 롤러를 풀었다. 베라는 부드러운 곱슬머리를 슈테피 얼굴 주변으로 잘 정돈했다. 비뚤비뚤한 앞머리는 위로 빗어 올려서 이마 위에서 핀으로 고정시켰다.

베라가 만족스럽게 말했다.

"자, 이제 좀 어른스러워 보이는 걸."

베라는 슈테피에게 실크스타킹을 빌려 주었다.

"조심해서 신어. 올이 풀리면 수선비가 비싸니까."

마지막으로 옷을 입었다. 슈테피와 베라는 주인 부부가 나가고 없는 빈 집의 마루에서 금테두리로 장식된 큰 거울 앞에 섰다. 눈부신 빨간 머리에 파란색 옷을 입은 형체와 까만 곱슬머리에 푸른색 옷을 입은 형체가 거울에 비쳤다. 베라는 슈테피의 허리에 팔을 둘렀다.

베라가 물었다.

"이제 알겠니? 이제 네가 얼마나 예쁜지 알겠냐고?"

베라는 방문을 하나 열었다.

"자, 이제 내가 춤추는 법을 가르쳐 줄게."

베라는 커다란 라디오 축음기를 켜더니 현대 댄스음악이 나오는 주파수로 이리저리 맞췄다. 슈테피는 미음이 불편해졌다.

"이래도 되니…… 내 말은 이 방에 들어가도 되는 거야?"

베라가 대답했다.

"그냥 편하게 생각해. 우리가 피해를 주는 건 아니잖아. 그냥 춤만 좀 출 건데, 뭐. 자, 저와 춤추실까요?"

베라는 슈테피에게 팔을 어디다 두어야 하는지 가르쳐 주었다. 왼손은 신사의 어깨에 얹고, 오른손은 신사의 손을 잡는다.

베라가 말했다.

"투스텝부터 시작하자."

투스텝은 간단했다. 슈테피는 베라의 동작에 따라 움직여야 했다.

베라가 말했다.

"고개를 약간 더 쳐들어. 그렇지. 여기는 자주 오시나요, 아가씨?"

슈테피가 대답했다.

"아뇨, 처음이에요."

"그럴 줄 알았어요. 안 그랬으면 당신의 아름다움이 벌써 제 눈에 띄었을 텐데 말이지요."

음악이 잦아들었다. 베라는 몸을 숙여 인사했다.

"함께 추어 주셔서 감사합니다. 한 번 더 추실까요?"

두 사람은 라디오에서 빠른 스윙이 나올 때까지 기다렸다. 베라는 슈테피의 손을 잡았다.

베라가 말했다.

"그냥 몸을 맡기면 돼. 남자가 인도하니까. 남자가 네 주변을 돌면서 춤출 때 넌 그냥 따라가기만 하면 돼."

베라는 슈테피를 홱 끌어안더니 허리에 팔을 감았다. 그러자 슈테피는 베라의 손에 이끌려 이리저리 움직였다. 슈테피는 빙빙 돌기도 하고 이리저리 왔다갔다하면서 격렬하게 춤을 추었다. 갑자기 의자에 부딪히면서 균형을 잃고 쓰러질 때까지.

베라가 걱정스럽게 물었다.

"어디 다쳤니?"

"다치진 않았어."

베라가 말했다.

"파트너를 인도하는 게 익숙지가 않아서 그랬어. 내가 너무 격렬했지?"

슈테피는 옷매무새를 바로잡았다.

"나 어때?"

베라가 대답했다.

"약간 헝클어졌어. 이젠 몸단장을 다시 해야겠어. 여덟 시에 문을 여는데 그때 가는 게 제일 좋아. 저녁 늦게 가면 너무 붐빌 거야. 또 무대에서 가까운 테이블을 잡는 게 좋아."

베라는 자신의 머리와 슈테피의 머리를 정돈했다. 그런 뒤에 하녀 방에서 외투를 가져와 입었다. 집을 막 나서려는 순간 슈테피의 굽 낮은 얌전한 구두가 베라의 눈에 들어왔다.

베라의 입에서 이런 말이 튀어나왔다.

"도대체 구두가 그게 뭐니? 이제 어떻게 한담?"

베라의 신발 사이즈는 38, 슈테피는 36이었다. 베라는 댄스 슈즈가 두 켤레 있긴 하지만 슈테피에게는 맞지 않으니 소용이 없다.

베라의 당혹감도 잠시뿐이었다.

베라가 말했다.

"기다려 봐."

베라는 펌프스(끈이나 고리가 없고 발등이 드러나 있는 여성용 구두 : 옮긴이) 한 켤레를 손에 들고 금방 돌아왔다.

"어디서 났어?"

“여주인 거야.”

“너 미쳤구나! 여주인이 알면 어떡하려고!”

“직접 한번 볼래?”

베라는 슈테피를 커다란 침대가 놓인 침실로 데려가 옷장을 열어 보였다. 바닥부터 천정까지 구두로 꽉 차 있었다.

“자, 여주인이 구두가 하나쯤 없어진다고 해서 알아챌 것 같니? 맨 밑에 있는 상자에서 꺼낸 거야. 절대 안 신는 구두가 틀림없어. 이제 그만 가자.”

10

8시 10분 전, 로타에 도착해보니 벌써 사람들이 길게 줄을 서 있었다. 차례가 되어 입장권을 사기까지 한참 기다려야 했다. 드디어 슈테피와 베라는 로비에 들어와 외투를 벗어 걸었다. 댄스홀에서는 벌써 음악이 흘러나왔다.

베라는 슈테피를 보며 웃었다.

"자, 준비 됐어?"

이제야 슈테피는 왜 술집 이름이 로툰데(원형으로 된 건물이란 뜻:옮긴이)인지 알았다. 원형으로 된 커다란 무대 중앙에는 꽃들로 둘러싸인 분수가 졸졸 흘러내리고 있었다. 분수 위에는 화려한 램프가 번쩍거렸다. 벽을 따라서는 작은 테이블들이 죽 늘어서 있었다. 연단에 자리한 오케스트라 석에는 흰색 야회복을 입은 남자가 열한 명 앉아 있었다. 모든 것이 불빛에 번쩍거렸다.

슈테피는 탄성을 질렀다.

"와!"

베라는 벌써 테이블 쪽으로 가고 있었다.

베라가 슈테피에게 속삭였다.

"될 수 있으면 무대와 오케스트라 가까이 있는 게 좋아. 구경하기 가장 좋은 자리거든."

두 사람이 자리를 잡자 베라는 레몬주스와 생크림 케이크를 주문했다. 슈테피는 의아한 듯 베라를 쳐다보았다. 베라는 평소 생크림 케이크를 먹지 않는다. 카페에 가면 베라는 항상 몸매에 신경을 써야 한다고 말한다. 베라는 슈테피의 의아한 눈길을 알아챘다.

베라가 말했다.

"여기선 좀 달라. 생크림 케이크를 시키면 남자들은 내가 외모를 걱정하지 않는 타입이라고 생각하지. 게다가 여기선 케이크를 다 안 먹어도 돼."

베라는 안경을 쓴 남자에게서 금방 춤 신청을 받았다. 슈테피는 레몬주스와 케이크를 조금씩 먹으면서 베라의 파란 꽃무늬 원피스가 움직이는 대로 눈길을 주었다. 슈테피는 언제 차례가 올까?

슈테피는 술집 안을 한바퀴 둘러보았다. 여기저기 남자들이 끼리끼리 모여 주머니에 손을 찌른 채 편안하게 벽에 기대 서 있었다. 하지만 여자들은 모두 춤 신청을 받기를 기다리며 자리에 앉아 있었다. 모두 예뻤다. 어떤 남자가 이렇게 예쁜 여자들 중에서 하필 슈테피에게 눈길을 준단 말인가?

두 곡을 추고 나자 남자는 베라를 다시 테이블로 데려와 의사를 뒤로 빼서 베라를 앉혀 주더니 몸을 숙여 인사했다.

"따분한 놈이야."

남자가 사라지고 나자 베라가 속삭였다.

"춤도 잘 못 췄어. 한 곡이 끝나자 무슨 말을 해야 하는지도 모르더라. '여기 자주 오세요?' 라는 말조차 안 했어."

베라는 곧 다시 춤 신청을 받았다. 베라는 계속 무대에서 춤을 추었다. 슈테피는 함께 온 걸 벌써 후회했다. 혹시 집에 갈 때까지 꿔다놓은 보릿자루마냥 그냥 앉아 있다가 가는 건 아닐까?

그때 안경을 쓴 그 남자가 다시 왔다. 베라에게 춤을 신청하러 온 모양인데 슈테피가 혼자 있는 걸 보자 슈테피 앞에 공손하게 몸을 숙여 인사했다.

"춤 한번 추실까요?"

드디어! 베라가 이 남자를 따분하게 보든 말든 상관이 없었다. 슈테피는 안경 쓴 남자를 따라 무대로 갔다.

정말 이 남자는 춤을 잘 추지 못했다. 몇 번이나 슈테피 발을 밟을 뻔했다. 그러자 남자는 얼굴이 새빨개지면서 장황하게 말을 늘어놓으며 사과했다.

슈테피는 이 남자와 두 곡을 추었지만 말은 몇 마디 나누지 않았다. 그러더니 다시 슈테피를 자리로 데려다 주었다.

이게 다야. 토요일의 즐거움도.

무대는 사람들로 점점 더 붐비었고, 테이블 자리는 점점 비어갔다. 한 곡 한 곡 끝날 때마다 슈테피만 혼자 자리를 지키고 있는 걸 사람들에게 보여 주는 게 창피했다.

슈테피는 생크림 케이크를 한 입 쑤셔 넣었다. 생크림은 벌써 딱딱해지고 말라 버렸다. 하지만 먹기라도 해야 뭔가 열중하고 있는 사람처럼 보일 것이다.

그때 베라가 남자 두 명과 함께 슈테피가 있는 테이블로 왔다. 한 남자는 베라의 손을 잡고 있었고, 다른 남자는 두 사람 뒤를 따라왔다.

베라가 말했다.

"잠깐 소개할게. 여긴 벵트와 리카르드야. 여긴 내 친구 슈테파니고."

슈테피는 두 남자와 악수했다. 베라의 손을 잡고 있던 리카르드는 몸집이 크고 금발에 잘 생긴 얼굴이었다. 벵트는 리카르드보다는 더 작지만 어깨는 떡 벌어지고 얼굴도 잘 생긴 편은 아니었다. 하지만 눈은 아름다운 회색빛이었다.

두 남자도 테이블에 함께 앉았다.

리카르드는 베라가 손도 안 댄 케이크를 보며 말했다.

"아, 너 오늘도 전혀 아무것도 못 먹었지?"

두 사람은 예전부터 알던 사이인 것 같았다.

베라가 말했다.

"응."

베라는 접시를 옆으로 밀치며 말했다.

"생크림이 벌써 딱딱해졌네."

벵트는 슈테피 쪽으로 몸을 돌렸다.

벵트가 말했다.

"베라한테 들었는데, 너 빈에서 왔다며? 어쩌다가 여기까지 왔는지 물어 봐도 되니? 너무 기분 나쁘게 생각하지는 말고."

슈테피는 머뭇거렸다. 이제 겨우 알게 된 사람에게, 그것도 하필이면 이런 곳에서 지나온 이야기를 전부 들려 주고 싶지는 않았다. 그럼 유쾌한 분위기를 망치고 말 텐데.

슈테피를 대신해서 베라가 대답해 주었다.

"슈테피는 피난민이야. 유대인이거든."

베라는 벵트에게 눈길을 던졌다. 그 눈길은 이렇게 말하는 듯했다.

'더 묻지 마!'

벵트는 서둘러 대화 주제를 바꿨다.

벵트가 말했다.

"넌 오늘 처음 보는 것 같은데. 여기 자주 오니?"

슈테피가 말했다.

"아니. 오늘 처음 왔어."

"우리 춤추러 갈까?"

"그래."

벵트는 춤을 잘 췄다. 벵트는 슈테피 허리를 단단히 붙잡은 채 무대 위에서 사뿐하고도 안전하게 슈테피를 이끌었다. 슈테피의 몸을 휘감은 벵트의 팔이 기분 좋게 느껴졌다. 벵트의 손은 크고도 따뜻했다. 벵트가 슈테피를 한 바퀴 돌리자 슈테피의 몸은 자신도 모르게 부메랑처럼 다시 벵트 쪽으로 이끌렸다.

옆에서는 베라와 리카르드가 춤을 추고 있었다. 리카르드는 베라를 번쩍 들어올리더니 아래로 뒤집었다. 베라의 치마가 뒤집어지면서 하얀 속옷과 스타킹이 그대로 드러났다.

슈테피가 놀라서 쳐다보자 벵트가 웃으며 말했다.

"우린 저런 거 하지 말자. 안 그래?"

우리라니. 우리가 서로 사귀기라도 하는 것처럼.

어쩌다가 일이 그렇게 되었는지 슈테피도 알 수 없었다.

하지만 갑자기 자정이 되었고 로타는 곧 문 닫을 시간이었
다. 네 사람은 저녁 내내 춤을 추며 떠들었다. 베라와 리카르
드, 벵트와 슈테피. 벵트가 슈테피에게 몇 살인지 묻자 베라
는 슈테피가 채 대답도 하기 전에 먼저 대답을 가로챘다.

"열일곱 살이야."

벵트는 이미 아비투어를 마쳐서 대기업에서 실습생으로
일하고 있었다. 리카르드는 건축회사에서 제도가로 일하면
서 저녁에는 야간 학교에서 엔지니어 수업을 받고 있었다.

이제 네 사람은 밖으로 나와 헤어져야 했다. 아니면 헤어
지기 싫은 걸까? 남자들이 여자들을 집까지 바래다주지 않
을까? 하지만 슈테피는 벵트가 산다르나까지 그 먼 길을 바
래다주리라고 기대하지 않았다. 벵트는 산다르나와는 정반
대 방향인 몬달에 살기 때문이다.

그때 리카르드가 말했다.

"벌써 집으로 가는 건 아니겠지? 이제 겨우 열두 시인데.
아니면 여자들은 빨리 들어가야 해?"

슈테피는 고개를 흔들었다. 마이와 마이 부모님에게는 베
라 집에서 자고 올지도 모른다고 이미 말해 두었다. 그러니
산다르나에서는 슈테피를 기다리는 사람이 없다. 그때 베라
가 말했다.

"주인 부부는 식사에 초대 받아 가셨어. 그럼 항상 늦게 오

시고 다음 날은 늦잠을 주무셔. 그러면 내가 집에 몇 시에 들어왔는지 모르실 거야."

리카르드가 말했다.

"자, 그렇다면, 델스오에 부모님 별장이 있는데 내게 열쇠가 있어. 같이 갈래?"

베라가 말했다.

"그러자. 갈 거지, 슈테피?"

슈테피는 주저했다. 한밤중에 두 남자와 같이 가도 될까? 하지만 베라가 아는 사람들이다. 슈테피는 베라가 가고 싶어 한다는 걸 알았다. 물론 혼자는 안 갈 것이다. 슈테피가 안 간다고 말하면 베라는 기분을 망칠 것이다. 베라는 슈테피를 조금이라도 즐겁게 해 주려고 그렇게 애를 썼는데.

슈테피가 말했다.

"그래. 그러지, 뭐."

11

네 사람은 상트지그프리드 광장에서 버스를 탔다. 버스는 푸르스름한 봄날 밤에 좁다란 국도를 천천히 덜컹거리며 달렸다. 마지막 구간은 숲 속으로 난 작은 길을 걸어야 했다. 굽 높은 구두를 신은 슈테피가 넘어지지 않도록 벵트가 슈테피의 팔을 잡아 주었다. 슈테피는 구두 때문에 약간 걱정했지만 이젠 신경 쓰지 않기로 했다. 벵트가 팔을 꽉 잡아주어서 안전했다.

별장들은 언덕 가에 놓여 있었다. 장난감 오두막처럼 아주 작은 집들이 단정하게 손질된 정원에 둘러싸여 있었다. 집 뒤로는 숲이 바싹 붙어 있었고 나무 꼭대기 위로는 창백한 달이 걸려 있었다. 서양갈매나무 향기와 방금 깎은 잔디 냄

새가 났다. 몇몇 집에서 불빛이 새어나왔지만 대부분의 집들
은 조용하고 캄캄했다. 저 멀리 떨어진 한 오두막에서는 즐
거운 노랫소리가 들렸다.

리카르드는 숲 가장자리에 늘어선 집들 중에서 푸른색으
로 페인트칠한 집의 현관문을 열었다. 네 사람은 유리 창문
이 달린 베란다의 등나무 의자에 앉았다. 리카르드는 잔을
네 개 가져오더니 웃옷 안주머니에서 작은 병을 꺼내 투명한
액체를 잔에 부었다.

리카르드가 외쳤다.

"자, 건배."

모두들 잔을 들었다. 슈테피는 조금 맛보았다. 액체는 어
찌나 맛이 강한지 입 안이 타들어가는 것 같았다. 리카르드
와 벵트가 잔을 비우자, 리카르드가 다시 잔을 채웠다. 슈테
피는 약간 속이 불편했지만 벵트는 회색 눈빛으로 슈테피를
다정하게 바라보며 말했다.

"술은 잘 못 마시는 모양이지."

슈테피는 얼굴이 빨개지며 말했다.

"응."

그러자 벵트가 슈테피의 뺨을 어루만졌다.

"슈테피가 정말 예쁘지 않아?"

벵트가 리카르드와 베라에게 말했다.

슈테피가 홀짝거리며 술을 마시는 동안 다른 사람들은 작은 병에 든 술을 다 비웠다. 리카르드는 다시 집 안에 들어가 술병을 하나 더 가져왔다. 모두 유쾌하게 떠들며 웃었다. 슈테피는 조금밖에 마시지 않았지만 머리가 어질어질했다. 모든 게 새로웠다. 새롭고 흥분되었다. 달빛, 향기, 슈테피의 눈길을 더듬는 벵트의 회색빛 눈.

슈테피는 베라와 리카르드가 자리에서 일어나 사라진 것도 몰랐다.

벵트가 슈테피 쪽으로 다시 손을 뻗으며 불렀다.

"슈테파니. 내 옆에 와서 앉을래?"

벵트는 소파에 앉아 있었고, 슈테피는 의자에 앉아 있었다. 그때서야 슈테피는 벵트 옆으로 베라가 앉았던 자리가 비었다는 걸 알았다. 슈테피는 당황해서 사방을 둘러보았다.

벵트가 다시 말했다.

"이리 와. 내 옆으로 와."

슈테피가 벵트 옆에 앉자 벵트는 슈테피를 껴안았다. 슈테피는 벵트 어깨에 머리를 기댔다. 느낌이 좋았다. 슈테피는 몹시 피곤했다.

잠시 후 벵트가 슈테피의 얼굴을 들어 키스했다.

슈테피는 지금까지 단 한 번 키스를 해 보았다. 스벤과. 스벤이 슈테피에게 여동생이나 다름없다고 말하던 그때에. 그래도 슈테피는 스벤에게 키스해 달라고 말했다. 여동생에게 하는 입맞춤이 아니라 입에다 하는 진짜 키스를 해 달라고.

하지만 이번 키스는 달랐다. 벵트는 슈테피의 입술을 자기 입술로 힘차게 눌렀다.

벵트가 중얼거렸다.

"입 좀 벌려 봐."

슈테피는 입술을 약간 벌렸다. 벵트의 혀가 슈테피의 입 안으로 밀고 들어왔다. 치아 사이에서 슈테피의 혀를 더듬었다. 섬뜩하면서도 기분이 좋았다. 슈테피는 온몸이 간질거렸다. 한 번도 느껴보지 못한 기분이었다.

벵트가 속삭였다.

"내 귀여운 유대 소녀야."

벵트의 손이 슈테피의 왼쪽 가슴을 어루만졌다. 브래지어 속에 스타킹을 구겨 넣은 걸 제발 몰라야 할 텐데! 만약 스타킹이 빠져나오기라도 한다면!

이제 벵트의 손이 슈테피의 몸 아래쪽으로 내려왔다. 벵트는 다시 키스하면서 슈테피의 치마 속을 더듬거렸다. 허벅지 위로 손이 올라갔다…….

이건 아니었다. 슈테피는 이런 걸 원한 게 아니었다. 슈테피는 빠져나오려고 애썼지만 벵트가 꽉 누르고 있었다. 이제 벵트의 손은 허벅지 안쪽 맨살에 이르렀다. 스타킹과 속옷

사이에 드러난 맨살에.

"그만 해!"

그 말에 벵트의 얼굴이 슈테피에게서 약간 멀어졌다. 벵트의 눈길은 조금 전처럼 그렇게 다정하지 않았다.

"날 내버려 둬!"

슈테피는 소리치며 벵트의 손 안에서 빠져나오려 애썼다.

벵트는 화난 눈으로 슈테피를 바라보았다.

벵트가 말했다.

"순진한 척하지 마. 여기까지 따라와 놓고 갑자기 안 된다고 하면 곤란하지. 리카르드와 네 친구가 방 안에서 무슨 짓을 하고 있을 것 같니?"

슈테피는 귀를 기울였다. 방 안에서는 침대인지 소파인지 삐걱거리는 소리가 규칙적으로 들려 왔다.

슈테피가 말했다.

"난 몰랐어! 비켜 줘."

슈테피는 손바닥으로 벵트의 가슴을 힘차게 밀어냈다.

벵트가 몸에서 힘을 빼자 슈테피는 빠져나올 수 있었다.

벵트의 목소리는 슬프게 들렸다.

"내가 마음에 안 드니?"

슈테피가 재빨리 대답했다.

"그건 아냐."

벵트가 말했다.

"그런 거 맞잖아. 아직 처녀인 것처럼 날 속이려 들지 마! 들리는 소문으로는……"

슈테피가 물었다.

"무슨 소문?"

벵트가 말했다.

"유대 여자 아이들에 대한 소문이지. 너희들은 다른 여자들보다 더 밝힌다면서. 그렇게들 말하던데."

슈테피는 벵트를 뚫어지게 쳐다보았다. 벵트의 회색 눈은 이제 더는 아름답거나 다정해 보이지 않았다. 지금은 추악하고, 술에 취해 희멀겋고, 소름끼치는 눈빛이었다. 슈테피는 소파에서 일어났다.

"집에 갈래."

벵트는 아무 대답도 하지 않았다. 소파에 파묻힌 채 슈테피가 외투 입는 모습을 지켜보았다. 베라는 방 안에서 낄낄대고 웃었다. 어떻게 저럴 수가 있을까?

슈테피는 베란다 계단을 절름거리며 내려왔다. 어느 집에서 들리던 노랫소리는 술에 취한 고함 소리로 바뀌었다. 그 시끄러운 소리 속에서도 벵트의 목소리가 들렸다. 끔찍하게 이렇게 내뱉는 말이.

"가버려. 지옥에나 가버리라고, 이 유대 창녀 같으니라고!"

슈테피는 숲 속으로 달렸다. 달은 구름 뒤로 숨어서 전혀 앞이 보이지 않았다. 덤불 속에서 부스럭거리는 소리가 나더니 커다란 새가 날아올랐다. 슈테피는 뒤를 돌아 불빛이 훤한 베란다로 다시 가고 싶었다. 하지만 거긴 벵트가 있다. 벵트는 두 번 다시 보고 싶지 않았다. 다시는!

넘어지면서 빌려 신은 구두의 굽이 부러졌다. 슈테피는 구두를 벗고 스타킹만 신고 달렸다. 베라의 실크스타킹을 빌려 신은 것도 상관하지 않았다. 스타킹은 벌써 찢어졌을 것이다. 하지만 무슨 상관이람! 모든 게 다 베라 잘못이다. 남자들에 대해서는 베라가 더 잘 안다. 그러니 이렇게 될 줄 다 알았을 게 틀림없다.

슈테피는 국도에 이르렀다. 물론 이젠 버스가 다니지 않는다. 슈테피는 찢어진 실크스타킹을 벗어 맨발로 시내 쪽으로 걸어갔다. 잠시 후 지나가던 트럭이 슈테피를 태워 주었다. 트럭 운전사는 친절했고 다행히 아무것도 묻지 않았다. 운전사는 슈테피를 얀 광장에 내려주었다.

날이 천천히 밝아왔고 전차가 다시 다니기 시작했다. 슈테피는 아침 6시에 산다르나에 도착했다. 조용히 문을 열고 살그머니 집 안으로 들어갔다. 다행히 마이 부모님은 아무 소리를 못 들었지만 슈테피가 침대로 기어들어갔을 때 마이가

잠을 깼다. 슈테피는 애써 웃어보였다. 모든 게 다 괜찮다고
말해 주는 웃음을.

하지만 아무것도 괜찮지 않았다. 전혀 아무것도.

12

슈테피는 몇 시간 동안 잠을 설쳤다. 온몸에 시트를 감고 잤다. 팔다리도 시트로 친친 감았다.

꿈속에서 누군가가 슈테피를 붙잡으려 애썼다. 어떤 손이 다가와 슈테피의 몸을 만졌다. 슈테피의 손바닥, 입술, 다리 사이가 뜨거워지면서 간질거렸다.

"슈테파니."

어떤 목소리가 들려 왔다.

"슈테파니, 슈테파니!"

그 소리는 스벤 목소리 같았다. 슈테피는 얼른 몸을 돌려 회색 눈을 바라보았다. 하지만 그건 스벤의 눈이 아니라 벵트의 눈이었다. 차갑고도 경멸스런 눈길.

잠에서 깬 슈테피는 몸이 더러워진 것 같은 느낌이 들어 한참 동안 욕실에서 온몸을 구석구석 깨끗하게 씻었다.

마이에게는 베라 집에서 잤다고 말했다. 새벽까지 이야기를 나누다가 집에 돌아왔다고 말했다.

마이가 물었다.

"어땠어? 춤은 많이 췄어?"

슈테피가 대답했다.

"응. 베라처럼 많이 추진 못했어."

슈테피는 로타가 어떤 곳이고, 슈테피와 베라가 어떤 옷을 입고 갔는지 자세히 설명했다. 하지만 마이가 함께 춤을 춘 남자들에 대해서 묻자 슈테피는 긴 설명 없이 간단하게 대답했다.

"한 남자는 안경을 썼어. 또 한 남자는 이름이 벵트야."

1시 30분이 되어 비에르크 선생님 집에 가려고 나섰을 때에야 자기 옷을 베라 집에 두고 왔다는 사실이 떠올랐다. 그리고 구두! 옷보다 구두가 문제였다. 굽이 납작한 그 구두는 슈테피의 유일한 봄 구두였다. 따뜻한 봄날에 슈테피는 투박한 겨울 구두를 신을 수밖에 없었다.

마이가 말했다.

"잘해 봐. 비에르크 선생님에게 좋은 생각이 떠올라야 할 텐데."

30분 뒤, 슈테피는 요한네베리에 있는 비에르크 선생님네 현관 초인종을 눌렀다. 슈테피는 외투를 벗어 걸고 겨울 구두는 조그마한 현관방에 벗어 두었다. 그런 뒤에 비에르크 선생님을 따라 침실 겸, 서재 겸, 거실로 사용하는 방으로 들어갔다.

슈테피는 이 방이 아주 마음에 들었다. 벽마다 책들이 꽉 꽉 들어찬 책꽂이로 둘러쳐져 있었다. 커다란 창가에는 책상과 예쁜 의자가 놓여 있었다. 모퉁이에 놓인 침대는 낮 동안에는 자주색, 회청색, 따뜻한 노란색이 섞인 은은한 커튼으로 가려져 있었다. 벽난로 앞에는 안락한 독서용 의자가 있고, 그 옆에는 책무더기가 쌓인 작은 테이블이 놓여 있었다.

비에르크 선생님은 책무더기를 옆으로 치운 뒤 책상 의자를 당겨왔다. 선생님이 차를 준비하러 부엌에 간 사이, 슈테피는 벽난로 위 선반에 놓인 액자를 구경했다. 액자에는 어린 시절의 귀여운 비에르크 선생님 사진과 부모님, 친척들 사진이 있었다.

2년 전, 슈테피가 비에르크 선생님 집에서 지낼 때에는 보지 못했던 새 사진이 하나 눈에 띄었다. 한 서른 살 정도 되어 보이는 여자가 진지한 표정으로 카메라를 향해 포즈를 잡은 사진이었다. 선생님의 자매인가? 비에르크 선생님은 한 번도 형제자매에 대해 말한 적이 없었던데다 사진 속 여자는 비에르크 선생님과 조금도 닮지 않았다. 입매는 더 부드럽고 코는 더 뾰족하고 얼굴 주변에는 곱슬머리가 흘러내렸다.

비에르크 선생님은 테이블 위로 쟁반을 내려놓았다. 쟁반 위에는 찻주전자, 찻잔 두 개, 오이를 썰어 넣은 버터 빵이 놓여 있었다.

비에르크 선생님이 웃으며 말했다.

"영국식 샌드위치야. 네가 안락의자에 앉아. 오전 내내 난 그 의자에 앉아 있었으니까."

선생님은 차를 따른 뒤 생각에 잠긴 채 차를 마셨다. 슈테피는 가시방석에 앉은 기분이었다.

마침내 비에르크 선생님이 입을 열었다.

"정말 김나지움에 가고 싶은 거지?"

"물론이죠."

"어떤 희생도 치를 각오가 되어 있지?"

"네."

비에르크 선생님이 말했다.

"그럼 제안을 하나 할게. 교장 선생님하고 그 문제로 상의해봤어. 교장 선생님도 나하고 생각이 똑같아. 우린 네 성적이나 재능으로 볼 때 일 년을 월반할 수 있다고 생각해. 그럼 앞으로 이 년만 더 공부하면 돼. 물론 원조기구가 허락해야 가능한 일이지만. 그러려면 이번 여름에 월반할 학년 공부를 열심히 해서 가을 학기가 시작하기 전에 시험을 봐야 해. 물론 쉽지는 않겠지만 내게 좋은 생각이 있어. 그 생각에 대해서는 조금 있다 말해 줄게. 네 생각은 어때?"

"정말 제가 해낼 수 있을까요?"

"물론이지. 안 그러면 제안도 안 했을 거야. 근데 조건이 하나 있어."

"무슨 조건이죠?"

"네가 직접 원조기구에 전화해서 이 제안을 하는 거야. 이건 네 미래에 관한 일이야. 넌 스스로 책임질 수 있는 나이야."

슈테피는 고개를 끄덕였다.

"자, 이젠 아까 말했던 내 생각이 뭔지 말할게."

비에르크 선생님이 말을 이어나갔다.

"여름에 넌 한 학년 공부를 모두 마쳐야 해. 그러려면 도움이 필요할 거야. 양부모님이 여름 숙박 손님 예약을 벌써 받으셨니?"

"아닐 걸요."

비에르크 선생님이 말했다.

"그럼 내가 친구하고 함께 여름에 너희 집을 빌릴 수 있는지 물어 봐야겠구나. 그럼 내가 매일 몇 시간씩 수학과 과학을 가르쳐 줄게. 내 친구는 영국 사람이야. 그 친구가 네게 영어를 가르쳐 줄 거야. 너도 내 친구를 좋아하게 될 거야.
넌 독일어는 이미 잘 하니까 스웨덴어 공부를 위해서는 꼭
읽어야 하는 책 목록을 만들어 줄게."

"하지만 선생님도 여름휴가 때는 쉬셔야죠?"

비에르크 선생님이 말했다.

"여름은 하루 해가 길잖아. 또 공부는 어차피 네가 하는 거
야. 네겐 여름방학이 없는 셈이지. 그렇게 할래?"

"네."

비에르크 선생님이 말했다.

"좋아. 그럼 당장 원조기구에 전화하는 게 좋겠어. 난 부엌
에 가 있을 테니까 조용하게 전화해 봐."

비에르크 선생님이 방에서 나가면서 방문을 닫자 슈테피
는 책상에 앉았다. 우선 메르타 아줌마에게 전화해서 원조기
구의 슈테피 후견인 전화번호를 물어 봐야 했다.

"정말 전화해서 구걸하고 싶니? 그래봤자 아무 소용없을
텐데."

슈테피가 말했다.

"비에르크 선생님에게 다 생각이 있어요. 그 이야기는 나
중에 말씀드릴게요. 일이 다 잘 되면 말이에요."

슈테피는 메르타 아줌마에게 여름 숙박 손님 예약을 벌써
받았는지 물었다. 아줌마는 아직 안 받았다고 말했다.

슈테피가 말했다.

"비에르크 선생님이 친구와 함께 집을 빌리고 싶대요. 여름방학 내내 말이에요."

메르타 아줌마가 말했다.

"그럼 가격을 싸게 해 주마. 선생님에게 내게 전화하시라고 말씀드려. 자세한 사항을 결정해야 하니까. 잠수함 발견했다는 소식은 들었니?"

슈테피는 그 소식은 못 들었다.

"화요일에 헬세의 원양어선 한 척이 바다에 가라앉은 줄 알았는데, 알고 보니 그게 잠수함이었어. 해군이 잠수부들을 데리고 왔어. 수뢰 때문이라고들 하더구나. 잠수함에 탔던 선원들이 모두 죽었대. 정말 끔찍해. 대부분 아직 젊은이들인데 말이야."

메르타 아줌마와 통화를 끝낸 슈테피는 잠시 수화기를 손에 들고 앉아 있었다. 입이 바짝 타들어갔다. 다 식은 차를 한 모금 마셨다. 그런 뒤에 아까 적어 둔 전화번호를 돌렸다.

전화를 받은 상대방은 처음 슈테피와 넬리가 스웨덴에 왔을 때 두 사람을 예테보리의 기차역에서 배 타는 곳까지 데려다 준 부인이었다. 그 이후로 한 번도 만난 적이 없었다. 슈테피는 부인의 얼굴은 기억나지 않고 부인이 입고 있던 노랑 정장만 생각났다.

슈테피가 인사했다.

"안녕하세요. 슈테파니 슈타이너예요."

혀가 굳어 버린 것 같았다. 슈테피는 얼른 차를 한 모금 더 마셨다.

부인이 말했다.

"아, 슈테파니. 어떻게 지내니?"

슈테피가 말했다.

"혹시 방해했다면 죄송합니다. 일요인데다가……."

"괜찮아. 무슨 일이지?"

이제 용기를 내야 했다. 어른답게 원하는 바를 차근차근 말해야 했다.

슈테피가 말했다.

"제 교육문제 때문에 전화 드렸어요. 김나지움에서 더 공부하고 싶어서요."

부인이 말했다.

"그건 나도 알아. 하지만 얀손 부인에게 이미 설명했듯이 우린 모든 아이들의 교육비를 댈 수가 없어. 너 말고도 더 공부하고 싶어하는 아이들이 많다는 건 너도 잘 알겠지."

"하지만 일 년은 더 공부할 수 있나요?"

"그렇다고 얀손 부인에게 이미 말씀드렸어."

"이 년은 어때요?"

“이 년?”

슈테피가 말했다.

“제 담임 선생님께서 여름에 제게 특별수업을 해 주시겠대요. 그럼 이 년 후에 아비투어를 볼 수 있어요.”

수화기 건너편이 조용했다. 잠시 후 부인이 말했다.

“흥미로운 제안이구나. 좀 생각해 볼게. 하지만 나 혼자 결정할 수는 없어. 네 담임 선생님 성함이 뭐지?”

“헤드비그 비에르크 선생님이에요.”

부인은 선생님 전화번호를 묻더니 이번 주 내로 소식을 주겠다고 약속했다. 슈테피에게 전화가 없으니까 결정된 사항은 비에르크 선생님에게 전하기로 했다. 슈테피는 감사의 말을 끝으로 전화를 끊었다.

해냈어, 마음속에 기쁨이 솟아올랐다. 내가 해냈어!

두 사람은 일요일의 조용한 요한네베리 거리를 산책했다. 선생님은 연꽃 연못이 있는 공원을 지나 네거리까지 슈테피를 바래다 주었다. 선생님은 슈테피가 탈 전차가 올 때까지 기다려 주었다. 전차가 오자 슈테피의 뺨에 얼른 입을 맞추며 말했다.

“틀림없이 잘 될 거야. 확신해.”

전차는 사람들로 가득 찼지만 슈테피는 빈 자리를 하나 발견했다. 앞쪽 의자에는 여자 아이 두 명이 앉아 있었다. 한 소녀는 슈테피와 비슷한 나이고, 나머지 소녀는 몇 살 더 어려 보였다. 나이가 좀 든 소녀는 슈테피가 아는 얼굴 같았다. 하지만 누군지 기억이 나지는 않았다. 어쨌든 슈테피 학교에 다니는 아이는 아니었다. 짙은 금발에 곱슬머리였고 파란 눈에 창백한 피부에는 주근깨가 가득했다. 금발에 파란 눈이긴 해도 스웨덴 사람처럼 보이지는 않았다.

슈테피는 자리에 앉았다. 그때 곱슬머리 소녀가 몸을 돌려 독일어로 물었다.

"슈테파니 슈타이너? 너 빈에서 온 슈테파니 슈타이너 아니니?"

13

그러자 갑자기 머릿속에 기억이 떠올랐다. 이 소녀가 누군지 알았다! 빈의 유대인 학교에서 몇 달 동안 같은 반에서 공부했던 아이였다. 수많은 학생들로 북적거리던 작은 교실이 떠올랐다. 굶주림. 두려움도 떠올랐다.

슈테피가 말했다.

"맞아. 슈테파니야. 넌 유디트 리버만이지?"

유디트가 고개를 끄덕였다.

슈테피가 말했다.

"너도 여기 사는 줄 몰랐어."

유디트가 물었다.

"넌 언제 여기 왔어?"

"1939년 8월에. 너는?"

"난 4월에 왔어."

그랬지, 슈테피는 유디트가 어느 봄날부터 갑자기 안 보였던 기억이 났다. 그때는 아무도 특별히 주의를 기울이지 않았다. 많은 아이들이 오기도 했고 떠나기도 했다. 갑자기 다른 나라로 떠나기도 했다. 하지만 유디트의 가족은 서방 세계로 이민을 갈 가능성이 거의 없던 사람들이었다. 폴란드 유대인이었기 때문이다. 자녀 수는 많지만 돈은 없는 폴란드 유대인.

"너 어디에 살아?"

슈테피는 자신이 사는 곳을 말했다.

"너는?"

유디트가 말했다.

"나는 유대인 어린이집에서 살아. 얘는 수지야. 얘도 어린이집에서 살아."

슈테피는 예테보리에 유대인 어린이집이 있는 줄은 꿈에도 몰랐다. 유디트는 이곳에 여자 아이들만 산다고 설명했다. 대부분은 청소년들로 나이 어린아이들은 몇 명 되지 않는다고 했다.

유디트가 말했다.

"처음에는 유대인 가족과 함께 지냈어. 너도 알겠지만 우리 가족은 정통 유대교잖아. 우리 아빠는 내가 무조건 유대인 가족과 함께 지내기를 원했어. 하지만 그것도 아무 소용없었어. 그 사람들은 종교적 예식도 전혀 지키지 않고 회당에도 안 갔어. 그 사람들은 날 짐으로 여겼어. 한 반 년 지나고 나니까 날 더 못 데리고 있겠대. 그래서 난 달스란트에 사는 농부 집으로 보내졌어. ㄱ 사람들은 내게 강제로 돼지고기를 먹이고 돼지우리에서 일하라고 시켰어. 그 때문에 내가 계속 울기만 하자 그 사람들도 날 못 데리고 있겠대. 그 뒤에는 보라스에 사는 어떤 스웨덴 가족에게 보내졌어. 그 집에서는 가정부처럼 일해야 했어. 그래도 그 집이 제일 나았어. 어쨌든 날 가만히 내버려 두었으니까. 하지만 지난 가을에 그 가족이 스톡홀름으로 이사를 가는 바람에 난 어린이집에 오게 되었어.”

슈테피가 동정하며 말했다.

“넌 정말 운이 나빴구나.”

유디트가 말했다.

“운이 나쁘다고? 모르겠어. 수지는 지난 겨울 어린이집에 오기 전까지 다섯 군데나 옮겨 다녔는걸.”

슈테피는 얼굴이 둥그스름한 수지를 쳐다보았다. 뚱한 얼굴에 슬픈 눈길을 하고 있었다.

전차는 서서히 멈췄다.

유디트가 말했다.

"우린 여기서 내려야 해."

유디트는 자리에서 일어서며 슈테피 팔을 붙잡았다.

"같이 가자. 아니면 많이 바쁘니?"

슈테피는 잠시 생각했다. 마이 집에 가면 곧 저녁 먹을 시간이다. 하지만 비에르크 선생님 집에서 먹은 영국식 버터 빵 때문에 아직도 배가 불렀다. 식탁에 열 명이나 되는 사람이 모여 식사를 하면 한 명쯤 빠져도 눈에 안 띈다는 장점이 있다.

슈테피가 말했다.

"아니. 안 바빠."

세 사람은 전차에서 내렸다.

수지가 물었다.

"그 사람들 인색하니? 널 돌보는 사람들 말이야?"

"그건 왜 물어?"

수지는 슈테피의 발을 가리키며 말했다.

"네 구두 때문에. 아직 겨울 구두를 신고 있잖아. 벌써 봄인데."

슈테피는 구두에 대한 사연을 일일이 설명하고 싶지 않았다. 그렇다고 수지와 유디트가 메르타 아줌마와 에버트 아저씨를 인색한 사람으로 생각하게 내버려 두고 싶지도 않았다.

“봄 구두는 수선을 맡겼어.”

슈테피는 거짓말을 했다. 세 사람은 언덕을 올라갔다. 언덕 주변은 나무로 지은 커다란 집으로 둘러싸여 있었다. 여러 가지 무늬의 목재장식으로 꾸며진 집들 중 하나가 어린이집이었다.

유디트는 어린이집을 안내하며 집에 남아 있는 아이들에게 슈테피를 소개했다. 그 중 많은 아이들이 빈 출신으로 슈테피를 아는 아이들도 몇 명 있었다. 또 넬리와 슈테피와 같은 기차를 타고 예테보리에 온 아이도 있었다.

슈테피가 유디트에게 말했다.

“우리 같은 아이들이 이렇게 많은 줄 몰랐어.”

유디트가 말했다.

“대략 오백 명 정도 된대. 스웨덴 전역에 말이야.”

“그렇게 많아?”

유디트는 슈테피에게 냉정한 눈길을 던졌다.

“그렇게 많은 건 아니지. 아직 빈에 남아 있는 아이들을 생각해 봐! 하지만 핀란드 전쟁 난민 아이들은 수천 명씩 받고 있어. 그 아이들은 스웨덴 사람들처럼 금발머리에 파란 눈이야.”

슈테피가 말했다.

"너도 금발에 파란 눈이잖아."

"난 유대인이야. 무슨 말인지 너도 알지?"

두 사람은 어린이집 휴게실에 앉아 있었다. 어린이집은 시끄러운 소리들로 가득했다. 떠드는 소리, 계단을 뛰어가는 소리, 부엌에서 나는 덜거덕 소리.

유디트가 물었다.

"네 가족은 어떻게 됐어? 어디 있는지 알아?"

"부모님은 테레지엔슈타트에 계셔. 내 동생은 스웨덴에 있고."

유디트는 잠시 가만히 있다가 입을 뗐다.

"넌 좋겠다. 가족이 여기 함께 있어서. 게다가 테레지엔슈타트보다 더 나쁜 곳도 얼마나 많은데."

"네 가족은 어디 있어?"

유디트가 대답했다.

"오빠 둘은 팔레스타인에 있어. 1938년에 이미 이민을 갔어. 우리 언니 에디트도 함께 가려고 했지만 아빠가 언니는 아직 어리다고 안 된다고 하셨어. 나중에 내가 스웨덴으로 올 때는 언니 나이가 너무 많아서 함께 못 왔어."

"너무 많아서?"

"피난민으로 스웨덴에 오려면 열여섯 살 이하여야 하거든. 언니는 벌써 열일곱 살이야. 넌 아무것도 모르는 모양이네."

"그럼 가족들은 지금 어디 있어?"

"큰 오빠는 사살되었어. 삼 년 전에. 부모님과 언니는 1941년에 폴란드로 추방되었어. 처음에는 편지가 몇 통 오더니 일 년 반 전부터는 아무 소식이 없어."

"그럼 네 생각에는 가족들이……."

슈테피는 말을 잇지 못하고 머뭇거렸다.

"모르겠어. 폴란드에서 끔찍한 소식들이 많이 들려와. 죽음의 수용소와 가스에 대해서 말이야."

"가스라고?"

유디트가 말했다.

"테레지엔슈타트는 상황이 훨씬 좋아. 네 부모님이 거기 계신 걸 기쁘게 생각해."

두 사람은 침묵했다. 이 방에서는 집 안 소음이 크게 울려 왔다. 소음은 가까이서 들렸지만 사실은 먼 곳에서 나는 소리였다. 열어 둔 창문 앞으로 커다란 마로니에 나무의 새로 난 이파리들이 흔들거렸다.

유디트가 말했다.

"수지는 남동생이 둘이야. 아홉 살 때 베를린에서 이곳으로 왔어. 남동생들은 나이가 세 살, 다섯 살이어서 수지 엄마는 동생들이 너무 어리다고 안 보냈대."

"그래서 지금은 어디 있는 거야?"

"수지도 모른대. 반 년 전부터 편지가 안 오나 봐."

"정말 안됐어!"

슈테피는 부끄러운 생각이 들었다. 유디트에 비해 자신은 아는 게 아무것도 없어서, 자신은 그래도 부모님에게서 엽서를 받아서, 자신은 어쨌거나 혼자가 아니라 동생과 함께 있어서.

유디트가 말했다.

"난 전쟁이 끝나면 팔레스타인에 있는 오빠에게 갈 거야. 우리 조국을 세우는 걸 도울 거야. 모든 유대인들을 위한 나라를 세울 거야. 아무도 우리를 추방하지 못하도록 말이야."

슈테피는 팔레스타인에 대해 아는 게 별로 없었다. 사막, 바다, 이글거리는 태양 정도밖에는. 그리고 아주 멀리 떨어진 곳이라는 것 외에는.

슈테피가 주저하며 말했다.

"그래. 그럼 정말 좋겠구나."

유디트가 말했다.

"난 여행갈 돈을 저금하고 있어. 여기서 쓰고 남는 돈은 모두 저금을 해. 그래서 어린이집에서 지내는 거야. 세 들어 사는 것보다 더 싸거든."

"어디서 일해?"

"초콜릿 공장에서. 난 초콜릿 냄새가 그렇게 역겨울 수도 있다는 거 처음 알았어."

슈테피는 입술을 꼭 깨물었다. 자신은 아주 호강에 겨운 것 같았다. 유디트가 공장에서 힘들게 일하는 동안 슈테피는 누군가 자기를 돌봐 주기를 바라고만 있으니.

"내일 다시 와."

슈테피가 그만 가려고 하자 유디트가 말했다.

"스웨덴 사람들 틈에서 지내느라 틀림없이 많이 외로울 거야. 넌 동생이 있지만 그래도 우린 한 민족이야. 우린 서로 동질이야. 원할 때마다 언제든지 놀러 와."

우린 서로 동질이야. 이 말은 산다르나로 오는 내내 덜컹거리는 전차 소리에 박자를 맞춰가며 슈테피의 머릿속에 쾅쾅 울려댔다. 서로 동질이야.

14

슈테피는 이상한 불안감과 알 수 없는 열기로 몸이 폭폭 쑤시는 기분이 들었다. 슈테피는 벵트와 베란다 사건을 떠올리고 싶지 않았다. 하지만 잘 되지 않았다. 두 사람 사이에 있었던 일은 분명히 잘못된 일이었고 그런 일이 일어나지 않았더라면 좋았을 것이다. 하지만 다른 사람이었더라면 어땠을까? 그게 만약 스벤이었더라면?

스벤. 슈테피는 이제 스벤에 대해 자주 생각하지 않게 되었다. 하지만 스벤에 대한 기억이 한 순간 아프게 다가오는 때도 있었다. 아물었지만 흉터를 남긴 옛 상처처럼.

2년 전 어느 봄날, 슈테피가 스벤의 집에서 나온 이후 두 사람은 몇 번 카페에서 만나 학교, 책, 음악 등에 대해 이야기를 나누었다. 하지만 두 사람 사이에 있었던 일에 대해서는 서로 입을 다물었다. 스벤은 이르야에 대해 언급하지 않았지만 슈테피는 스벤이 아직도 이르야를 만나고 있다는 걸 알았다. 슈테피는 스벤의 아비투어 파티에 초대를 받았지만 가지 않았다. 이르야가 안 올 거라는 걸 알면서도 말이다. 가을에 스벤은 문학을 공부하러 룬트로 떠났다. 지금은 노르웨이 국경 어디선가 군 복무를 하고 있다. 스벤이 겨울에 슈테피에게 새해 인사를 보내온 것이 가장 최근 소식이었다. 편지에 주소는 없었다.

슈테피는 원래 카피텐 스트리트에서 내릴 생각이 없었다. 그런데도 자신도 모르게 이곳에서 내렸다. 발이 저절로 전차에서 내려서더니 거리로 들어섰다. 슈테피는 이곳에 아무 볼일이 없었지만 발은 자기가 알아서 방향을 잡았다.

슈테피는 카피텐 스트리트의 술집 앞에서 멈췄다. 이르야가 일하는 곳, 스벤이 몰래 이르야를 만나던 곳이다.

창문을 통해 갈색 톤의 인테리어와 맥주를 마시고 있는 늙은 남자들이 보였다. 슈테피와 같은 여자 아이들이 가는 술집이 아니었다. 남자들이 뻔뻔스럽게 굴지도 모른다!

부엌에서 어떤 여자가 나왔다. 맥주병과 잔이 담긴 쟁반을 들고 있었다. 이르야는 아니었다.

슈테피는 그만 가려고 했다. 하지만 새로 온 이 여자가 이르야가 있는 곳을 알지도 모른다는 생각이 들었다. 이르야가 이곳을 그만두었더라도 말이다.

슈테피는 용기를 내어 술집 문을 열었다. 모두들 자기를 쳐다보는 것 같았다.

한 남자가 말했다.

"안녕, 아가씨. 내가 맥주 한 잔 사 줄까? 아니면 잘못 들어온 거니?"

슈테피는 깜짝 놀라서 그 남자를 쳐다보았다. 하지만 면도를 하지 않은 남자의 다정한 눈길은 약간 반짝거렸다. 그냥 장난으로 한 말이었다.

슈테피는 종업원에게 말했다.

"실례합니다. 물어 볼 게 있는데요…… 이르야가 여기서 일하나요?"

종업원이 대답했다.

"물론 여기서 일하죠."

여자는 홀과 부엌 사이에 쳐진 커튼 쪽으로 몸을 돌리더니 소리를 질렀다.

"이르야! 손님 왔어!"

슈테피는 도망치려 했다. 몸을 돌려 문 밖으로 뛰쳐나가 카피텐 스트리트를 지나 전차 정거장으로 뛰어가려 했다. 여기에 무슨 볼일이 있단 말인가? 이르야에게 무슨 말을 할 것인가?

하지만 슈테피의 발이 결정을 내렸다. 그냥 있기로.

커튼이 옆으로 밀쳐졌다.

이르야가 모습을 드러냈다. 이르야는 당황한 기색이었다.

"누구시죠……?"

슈테피의 목은 마치 누가 조르는 것 같았다. 한 마디도 나오지 않았다.

이르야는 슈테피를 유심히 살펴보았다.

이르야가 천천히 말했다.

"혹시? 너 슈테파니 아니니?"

슈테피가 나지막한 소리로 말했다.

"맞아요."

이르야의 얼굴이 환해졌다.

"우리 같이 커피 마시러 가자! 방금 일을 끝낸 참이었어."

이르야는 카피텐 스트리트의 옆 골목에서 불과 몇 집 떨어진 곳에서 살았다. 계단에서는 석탄과 청어 굽는 냄새가 났다. 저녁 식사 시간이었다. 2층에 오르자 두 사람은 어느 문 앞에 밈춰 섰다. 손으로 직접 쓴 표지판에는 '이르야 안데르손'이라고 적혀 있었다.

슈테피는 이르야의 부엌으로 들어섰다. 부엌을 가로지른

빨랫줄에는 속옷이 걸려 있었다. 연어색 팬티와 브래지어, 속치마가 걸려 있었다.

이르야는 빨래를 가리키며 말했다.

"미안해. 어제 휴일이었거든. 휴일에는 대개 빨래를 해. 앉아!"

슈테피는 식탁에 앉았다. 이르야는 주전자를 가져와 커피를 두 잔 따랐다.

이르야가 말했다.

"집에 설탕이 없어. 괜찮아?"

슈테피가 말했다.

"고마워요. 설탕 없어도 돼요."

슈테피는 쓴 커피를 한 모금 마셨다. 무슨 말인가 해야 했다. 무슨 일로 왔는지 이르야가 물어 볼 텐데. 하지만 슈테피가 변명거리를 채 생각하기도 전에 이르야가 다정하게 웃으며 말했다.

"네가 와서 기뻐. 스벤이 늘 네 얘기 많이 했어."

늘이라고? 그게 언제였지? 틀림없이 오래 전 일일 거야.

이르야는 잔을 들어 커피를 마셨다. 왼손 넷째손가락에서 뭔가가 반짝거렸다.

약혼 반지였다.

그러니까 두 사람은 약혼했다. 이르야와 스벤.

슈테피는 죄어오는 목소리로 말했다.

"축하해요. 약혼한 거 말이에요."

이르야가 말했다.

"고마워."

"언제 결혼해요?"

이르야가 말했다.

"나도 몰라. 전쟁 중이어서 결혼해서 아기를 낳고 싶은 기분이 별로 안 들어. 그래서 좀 더 기다리기로 했어."

이르야는 커피를 한 모금 더 마신 뒤 말했다.

"게다가 서로 알게 된 지 얼마 안 돼. 우선은 서로 좀 더 알아가기로 했어."

이게 무슨 말이지? 스벤과 이르야는 적어도 2년 반은 서로 사귀었는데.

슈테피가 말했다.

"네?"

이르야는 슈테피가 어리둥절해하는 걸 알아챘다.

이르야가 웃었다.

"스벤이 아니야. 그렇게 생각했다면 말이야. 우리는 벌써 옛날에 헤어졌어."

슈테피는 자기 귀를 의심했다. 아직도 스벤의 목소리가 귓가에 생생한데.

"난 이르야를 사랑해. 우린 서로 사랑한다고."

그런 사랑이 어떻게 끝날 수 있을까? 그렇게 서로 사랑한다면서?

"우리 둘은 절대 심각한 사이가 될 수 없었어."

이르야가 계속 말을 이었다.

"너도 알겠지만 스벤은 절대 부모님에게 날 소개하지 못했을 거야."

슈테피가 말했다.

"그렇게 하려고 했어요! 스벤은 그렇게 하려고 했다고요. 그렇게 하려고 했던 거 내가 알아요."

이르야는 웃음을 지었다.

이르야가 말했다.

"스벤을 두둔할 필요 없어. 벌써 오래 전의 일이니까. 우린 서로 많이 달랐어."

이르야의 맑은 눈은 생각에 잠겼다.

이르야가 말했다.

"네가 아무것도 몰랐다니 이상해. 서로 편지 안 하니?"

슈테피가 중얼거렸다.

"아니요. 편지 안 해요."

이르야가 말했다.

"내 약혼자는 이름이 욘이야. 노르웨이 피난민이야."

두 사람은 잠시 전쟁에 대해 이야기했다.

이르야가 말했다.

"이제는 완전히 지조 없이 흔들리고 있어. 스웨덴 정부 말이야. 독일이 전쟁에서 이길 것처럼 보일 때는 독일에게 아부하더니, 이제는 연합군이 승리할 것 같으니까 태도가 달라졌어. 이제야 제자리를 찾긴 했시만 말이야."

이르야는 시계를 보면서 욘이 곧 올 거라고 말했다. 슈테피는 이제 그만 가야할 시간이었다. 커피 잘 마셨다고 인사하며 슈테피는 자리에서 일어섰다. 이르야는 슈테피를 문까지 바래다 주면서 손을 내밀었다. 어른처럼 두 사람은 진지하게 악수를 했다.

이르야가 말했다.

"잘 가."

"잘 있어요."

15

수요일 아침에 슈테피는 복도에서 비에르크 선생님을 만났다. 아무 말도 할 필요가 없었다. 기쁨으로 빛나는 선생님의 얼굴이 모든 것을 말해 주었다.

"좋다고 허락했어."

그래도 비에르크 선생님은 굳이 슈테피를 끌어안으며 말해 주었다.

"그 사람들이 허락했어! 이 말을 얼마나 전해 주고 싶었던지. 나중에 다시 이야기하자."

기뻐하는 가운데서도 슈테피는 몇몇 반 아이들의 삐딱한 눈길을 느꼈다. 비에르크 선생님이 슈테피와 너무 가깝게 지낸다고 생각하는 아이들이 많았다. 비에르크 선생님이 슈테피를 편애하며, 슈테피가 비에르크 선생님 과목에서 좋은 점수를 받는 것도 부당하다고 생각하는 아이들이 많았다.

점심 시간에 비에르크 선생님은 교무실로 슈테피를 불렀다. 선생님은 원조기구가 슈테피에게 2년 더 지원해 주기로 했다고 설명했다. 하지만 지금까지 받은 지원금보다 액수는 좀 줄어들었다.

선생님이 말했다.

"식비로는 충분해. 용돈은 네가 스스로 벌어야 해. 원한다면 가을에 조교 자리를 얻을 수 있도록 해 줄게. 실업계 학생들이 수학 공부하는 건 도와줄 수 있잖아. 독일어도 가르칠 수 있고."

비에르크 선생님은 장난스럽게 웃었다.

"너를 위해서 정말 잘 된 일이야. 여름에 함께 지내게 된 것도 정말 기뻐."

저녁을 먹은 뒤 설거지를 끝내고 숙제까지 마치자 마이가 물었다.

"오늘 저녁에 베라와 약속 없니? 오늘 수요일이잖아?"

슈테피가 간단하게 대답했다.

"약속 없어."

마이는 이유를 설명해 주기를 기다리듯 슈테피를 쳐다보

았다. 그러나 슈테피가 아무 말이 없자 마이는 다른 이야기를 꺼냈다.

마이가 청소년 클럽 모임에 가고 나자 슈테피는 토요일 저녁 때 입었던 옷들을 꺼냈다. 베라의 옷, 브래지어, 찢어진 실크스타킹, 굽이 부러진 구두. 슈테피는 갈색 포장지를 꺼내서 물건들을 모두 쌌다.

내일은 베라가 쉬는 날이니까 슈테피는 이 꾸러미를 학교에 가져가기로 했다. 학교가 끝나면 베라 집에 들러 여주인에게 물건을 전해 달라고 말할 생각이었다. 만약 아무도 없으면 그냥 문에다 꾸러미를 걸어두면 된다.

문제는 슈테피의 옷을 돌려받는 일이었다. 무엇보다도 구두를. 4일 전부터 슈테피는 겨울 구두를 신고 다녀야 했다. 겨울 구두는 덥고 무거운데다가 사람들이 자꾸 자기를 쳐다보는 것 같았다. 하지만 슈테피는 아직도 어떻게 해야 할지 알 수가 없었다.

슈테피는 베라 집에 가서 초인종을 누를 필요가 없었다. 다음 날 수업이 끝나고 밖으로 나오자 교문 앞에 빨간 머리가 보였다. 베라가 팔에 갈색 꾸러미를 들고 서 있었다. 슈테피가 들고 있는 것과 거의 똑같이 생긴 꾸러미였다.

베라가 부르며 손을 흔들었다.

“슈테피!”

슈테피는 베라에게 다가갔다. 몸이 약간 굳어지면서 심기가 불편해졌다.

베라가 책망하듯 물었다.

“어제 왜 안 왔어? 몇 시간 동안 널 기다렸잖아.”

슈테피의 마음속에서 분노가 끓어올랐다.

슈테피가 화를 내며 말했다.

“그럼 넌 내가 갈 줄 알았니? 토요일에 그런 일이 있고 나서도? 자, 여기 네 물건이나 받아. 스타킹은 찢어졌어. 구두도 망가지고.”

슈테피는 베라의 팔에 자기 꾸러미를 갖다 안기고는 베라가 들고 있던 꾸러미를 홱 낚아챘다.

베라는 창피해하는 것 같았다.

베라가 말했다.

“미안해. 처음부터 그럴 작정이었다고 생각하는 건 아니겠지? 제발 내 말 좀 들어줘. 잠깐이면 돼!”

슈테피가 말했다.

“싫어.”

베라가 되풀이했다.

“제발. 슈테피? 제발 그러지 마…… 넌…… 넌 하나 밖에 없는 내 진짜 친구야.”

슈테피는 베라를 바라보았다. 베라의 푸른 눈에는 눈물이 가득 고였다.

슈테피가 말했다.

"좋아. 그럼 잠깐이야."

두 사람은 연꽃 연못이 있는 공원으로 갔다. 슈테피는 자기네 꼴이 얼마나 우습게 보일까 생각했다. 두 소녀가 똑같은 갈색 꾸러미를 들고 가는 모습이.

베라가 말을 꺼냈다.

"난 벵트가 그럴 줄 몰랐어……. 난 벵트를 공손하고 행실이 바른 남자로 봤어. 너희 둘이 그냥 베란다에 앉아서 달이나 감상할 줄 알았어. 고작해야 키스를 하거나 달빛 아래 산책이나 하면서 말이야. 벵트가 정말 널 덮칠 줄은 몰랐어."

슈테피가 말했다.

"벵트 말로는 한밤중에 남자를 따라가는 여자가 잘못이래."

슈테피 목구멍에 말이 걸리기라도 한 것처럼 목소리가 꺼칠꺼칠하게 나왔다.

베라가 한숨을 지으며 말했다.

"벵트는 정말 바보야. 그건 정말 몰랐어."

"그러는 너는?"

베라는 갑자기 그 자리에 멈춰 섰다.

"무슨 말이야?"

"너하고 리카르드가 안에서 무슨 짓을 했는지 우리가 못 들은 줄 아니?"

베라가 말했다.

"슈테피. 난……."

"넌 항상 그러고 다니니? 춤추다가 만난 남지 중에서 가장 마음에 드는 남자하고 침대로 뛰어들어?"

베라가 불같이 화를 내며 말했다.

"날 어떻게 보는 거야? 당연히 그러고 다니지 않아. 그때가 처음이었어."

슈테피는 혼란스러웠다. 슈테피가 모르는 뭔가가 있는 것 같았다. 뭔가 미심쩍었다.

"너, 리카르드 사랑하니?"

베라가 대답했다.

"물론이지."

베라는 슈테피를 쳐다보았다. 베라의 회색 눈길이 애절해 보였다. 입이 약간 떨렸다.

"내 말 못 믿겠어, 슈테피?"

베라에게는 도무지 화를 낼 수가 없다. 예전에도 몇 번이나 그랬던 것처럼 슈테피는 화가 저절로 풀렸다. 슈테피는 꾸러미를 오른팔 아래로 끼어 넣고는 왼팔로 베라의 팔에 팔짱을 꼈다.

슈테피가 말했다.

"스타킹 찢어져서 정말 미안해."

베라가 말했다.

"괜찮아. 이제 곧 댄스 시즌도 끝나. 그러면 로타도 문을
닫을 테고 한동안은 스타킹도 필요 없어."

슈테피가 말했다.

"한 가지는 분명해. 절대 너하고 다시는 로타에 안 갈 거라
는 거."

마이 집에 돌아오니 매트 위로 엽서가 한 장 놓여 있었다.

1943년 4월 10일, 테레지엔슈타트

슈테피!

오늘은 원래 엄마가 〈마술피리〉의 '밤의 여왕' 아리
아를 부르기로 했던 날이야. 하지만.

우리는 이곳에서 잘 지내고 있어. 그리고 우리는 항상
너와 넬리를 생각한단다.

아빠가

편지 한가운데로 몇 글자 위에 검은 줄이 까맣게 그어져
있어서 읽을 수가 없었다. 아빠는 푸른 잉크 만년필로 편지
를 썼다. 그러니까 누군가 다른 사람이 아빠 편지를 지운 게
틀림없다. 왜 그랬을까? 슈테피는 궁금했다. 슈테피가 읽으
면 안 되는 어떤 글자가 있었던 걸까? 글자가 칠십 개 밖에
안 된다. 누군가 삼십 개를 훔쳐갔다! 이 글자 삼십 개는 슈
테피와 아빠의 것인데.

슈테피는 도난당한 글자 때문에 어찌나 화가 났던지 한참
후에야 편지의 나머지 부분을 자세히 읽어 보았다. 그러자
슈테피는 화가 점점 더 나면서 슬퍼지기까지 했다. 엄마가
'밤의 여왕' 아리아를 불렀더라면 얼마나 좋아하셨을까! 엄
마가 아주 실망했을 게 틀림없다. 슈테피가 이름도 모르고
얼굴도 한번 본 적이 없는 누군가가 부모님에게 막강한 권력
을 행사하고 있었다. 그 사람은 엄마가 노래를 못 부르게 할
수도 있고, 또 아빠에게 자신이 원하는 대로 편지를 쓰게 할
수도 있다. 그 누군가는 슈테피에게도 권력을 행사하고 있었
다. 슈테피의 인생은 부모님과 이어져 있으니까.

슈테피는 이름도 없고, 얼굴도 모르는 이 사람을 혐오했
다. 결코 만날 일이 없는 이 사람을.

전쟁이 제발 끝났으면!

16

토요일 저녁, 슈테피와 마이는 담요, 커피가 든 보온병, 롤빵을 챙겨 들고 집을 나섰다. 브리텐이 부러운 듯이 두 사람을 쳐다보았지만 함께 가자는 말이 없었다. 슈테피와 마이는 둘만 조용히 얘기하고 싶었다.

두 사람은 산다르나에 있는 언덕 위에 자리 잡은 바위틈 사이, 바람이 불지 않는 곳에 담요를 깔았다. 뒤쪽에는 아직 완성되지 않은 집들의 골격이 비죽이 솟아 있었다. 거리는 암초섬 이름을 따서 지어졌다. 그 중 한 거리에는 슈테피가 사는 섬 이름이 붙여졌다.

강은 저녁 햇살을 받으며 반짝거렸다. 가파른 언덕 아래에는 항구의 창고와 헛간이 늘어서 있었다. 맞은편 강가에는

마이 아빠가 일하는 에릭스베리 조선소의 크레인과 도크가
서 있었다. 갈매기와 제비갈매기가 두 사람 머리 위를 맴돌
았다. 발 아래쪽에 놓인 인목 덤불에는 생크림처럼 하얀 꽃
이 구름처럼 잔뜩 피어 있었다.

마이는 보온병 뚜껑을 열어 잔 두 개에 커피를 따랐다.

마이가 말했다.

"정말 아름다운 저녁이야."

슈테피가 말했다.

"그래."

"롤빵 줄까?"

"응."

마이가 불렀다.

"슈테피."

"응?"

"싫으면 말 안 해도 돼. 하지만 네가 솔직히 털어놓길 원한
다면 내가 아무에게도 말 안 할 거라는 건 너도 알지?"

마이의 눈길은 진지했다. 슈테피도 마이가 믿을 만한 사람
이란 걸 안다.

슈테피가 말했다.

"토요일에 있었던 일 때문이야. 처음에는 아주 따분했어.
아무도 춤을 추자고 권유를 안 하는 거야. 그러더니 베라가

아는 남자 두 명을 데리고 왔어. 그 중 한 남자 이름이 벵트였어."

슈테피가 설명을 하자니 참 유치하게 들렸다. 회색빛 눈과 강인한 팔에 반했다고 말하자니 말이다. 하지만 마이는 웃지 않고 조용히 들었다.

이제 슈테피는 베란다 이야기를 했다. 소파에서 있었던 일. 슈테피 몸을 더듬던 손 이야기.

마이가 물었다.

"근데 베라는 어디 있었어? 또 다른 남자 한 명은?"

방에서 들려 오던 삐걱거리는 소리. 슈테피는 차마 그 이야기는 할 수가 없었다.

슈테피가 말했다.

"두 사람은 산책하러 갔어. 달빛을 받으면서 말이야."

"그래서 넌 어떻게 했어?"

"도망쳤어."

벵트가 슈테피 뒤에 대고 한 말은 전하지 않았다. 그 말을 입 밖에 내는 것만으로도 마음이 아플 것 같았다.

마이가 말했다.

"잘했어."

마이의 눈은 안경 뒤에서 반짝였다. 슈테피는 지금까지 마이에게 키스하려고 했던 사람이 과연 있었을지 궁금했다.

며칠 후 다시 테레지엔슈타트에서 엽서가 왔다. 이번에는 엄마가 보낸 엽서였다.

1943년 4월 14일, 테레지엔슈타트

슈테피!

네 편지를 받고 우리는 정말 기뻤단다. 넬리는 왜 편지를 안 하니? 넬리가 혹시 어디 아픈 건 아니겠지? 벌써 몇 달 전부터 넬리에게서는 아무 소식이 없구나. 제발 아무 일이 없길 바란다. 아무쪼록 네가 넬리를 잘 돌봐 주렴.

입맞춤을 보내며
너의 엄마가

"나도 매주 편지를 써."

넬리는 이렇게 말했다. 하지만 거짓말이었다.

넬리가 편지를 안 하면 엄마 아빠가 얼마나 걱정을 하는지 넬리는 모른단 말인가? 넬리는 자기 편지가 부모님에게 얼마나 중요한지 모른단 말인가?

슈테피는 넬리와 대화를 해야 했다. 당장 넬리에게 말해야 했다. 여름 방학 때까지 기다릴 수가 없었다. 원래는 여름 방학 전까지는 섬에 갈 계획이 없었다. 하지만 당장 이번 주 일요일에 가야 했다!

슈테피는 이른 아침 배를 탔다. 겨우 아침 8시였지만 아침부터 더운 하루가 될 거라는 게 느껴졌다. 배는 음식바구니를 챙겨든 행복한 가족과 아이들로 붐비었다.

오늘은 보트 창고에 자전거가 기대어 있지 않았다. 슈테피는 교회 종소리를 들으며 섬을 지나 먼 길을 걸어갔다.

메르타 아줌마는 외출복을 입은 채 흔들의자에 앉아 성서를 읽고 있었다.

"웬일이야? 오늘 다 오다니!"

슈테피는 왜 왔는지 이유를 설명하지 않았다. 이건 넬리와 슈테피 문제다.

오후에 슈테피는 자전거를 타고 알마 아줌마 집으로 갔다. 넬리, 엘사, 욘은 방금 주일 학교를 마치고 집으로 돌아온 참이었다. 아이들은 정원 테이블에 앉아 알마 아줌마와 함께 주스를 마시고 있었다.

슈테피가 말했다.

"넬리. 너하고 할 얘기가 있어."

넬리가 투덜거리며 말했다.

"무슨 일인데?"

"이리 와. 같이 산책이나 가자."

넬리가 말했다.

"가기 싫어. 이제 막 집에 돌아온 길이야."

슈테피는 뭐라고 해야 할지 몰랐다. 넬리와 단둘이서만 이야기하고 싶었다. 처음부터 싸우면 넬리가 슈테피 말을 안 들을 게 분명했다.

알마 아줌마가 다정하게 말했다.

"넬리. 언니가 시키는 대로 해. 중요한 일인지도 모르잖아."

넬리는 마지못해 자리에서 일어섰다. 두 사람은 작은 해변으로 내려갔다.

슈테피가 말을 꺼냈다.

"엄마 아빠가 수용소에 계신 거 너도 알지. 수용소가 어떤 곳인지 우리는 잘 몰라. 하지만 부모님이 그곳에서 힘들게 지내신다는 건 분명해."

넬리가 못 참고 대꾸했다.

"나도 알아. 언니한테 벌써 백 번쯤 들었어."

슈테피가 말했다.

"걱정도 많으실 거야. 아빠는 엄마 때문에 걱정이 많으실 거야. 그건 틀림없어."

"알아. 안다고."

"그럼 우리라도 부모님 걱정을 시켜서는 안 된다고 생각하지 않니?"

"그건 또 무슨 소리야?"

슈테피는 주머니에서 엄마 엽서를 꺼내 넬리에게 보여 주었다. 넬리는 엽서를 읽더니 다시 돌려 주었다. 넬리는 땅바닥만 뚫어져라 쳐다보았다.

"어떻게 할래?"

넬리가 말했다.

"나도 편지 쓰고 있어. 가끔씩."

"넬리. 넌 도무지 이해 못하겠니……."

그때 넬리가 눈을 쳐들었다. 넬리의 눈이 번쩍였다.

넬리가 소리쳤다.

"부모님은 우리를 떠나 보냈어! 우리를 돌보려고 하지 않았어. 근데 왜 내가 부모님 걱정을 해야 해?"

넬리의 말은 파도처럼 슈테피를 덮쳤다. 바다에서 큰 파도에 휩쓸리기라도 하듯. 슈테피는 아무것도 보이지 않았고, 아무 소리도 들리지 않았고, 입 안에 짠맛만이 느껴졌다. 슈테피는 다시 두 다리로 바닥을 지탱해 보려 애썼다.

슈테피는 대답할 말이 없었다. 두 사람 모두 뻔히 다 아는 설명조차 할 수가 없었다. 부모님이 자매를 구하기 위해 떠나 보낸 거라고. 안전하게 지낼 수 있도록 보낸 거라고. 슈테피는 그냥 울고 싶어졌다. 오래 전, 처음 섬에 온 날 밤에 울었던 것처럼. 엄마, 와서 날 데려가 줘요. 날 데려가 줘요, 안 그러면 죽을 것 같아.

하지만 이 슬픔의 파도가 슈테피를 휩쓸어버리려는 바로 그 순간 슬픔은 갑자기 빨갛게 불타오르는 분노로 변했다. 슈테피는 넬리를 때렸다. 따귀를 맞은 넬리는 큰 소리로 울음을 터뜨렸다.

슈테피가 마음을 가라앉히고 났을 때는 이미 넬리는 가고 없었다. 넬리는 마을 쪽으로 난 길을 달려갔다. 기다랗게 땋은 검정머리를 이리저리 펄럭이면서.

슈테피가 소리쳐 불렀다.

"넬리!"

하지만 넬리는 뒤돌아보지 않았다.

슈테피의 손바닥이 화끈거렸다. 뺨도 빨갛게 달아올랐다. 따귀를 맞은 사람이 자신인 것처럼. 슈테피는 지금까지 따귀를 딱 한 번 맞았다. 옷을 찢은 일로 메르타 아줌마에게서.

엄마 아빠는 한 번도 슈테피를 때린 적이 없었다.

어떻게 이런 일이 일어났을까? 어떻게 넬리를 때릴 수 있었을까?

17

슈테피는 엄마에게 편지를 썼다. 넬리가 편지를 많이 썼지만 도중에 잃어버린 것 같다고 썼다. 주소를 잘못 썼을지도 모른다고 거짓말을 했다. 아니면 우표를 붙이는 걸 잊었던가. 편지가 반송되면 다시 보내 주겠다고 썼다.

슈테피는 엄마에게 거짓말하는 게 싫었다. 하지만 진실을 말할 수는 없었다. 진실이 너무 끔찍하니까. 예전에도 그런 적이 있었다. 슈테피가 처음 섬에 와서 빈으로 부모님에게 첫 편지를 썼을 때도 그랬다. 결코 부치지 못한 그 편지처럼. 슈테피가 스웨덴에 온 이후로 한 번씩 부모님을 속인 건 사실이다. 하지만 넬리가 편지 쓰기를 싫어하는 걸 숨기느라 이렇게 완전히 거짓말을 꾸며낸 적은 없었다. 늘 진실을 미화하는 정도였다. 좋은 일은 과장해서 쓰고, 힘들고 슬픈 일에 대해서는 입을 다무는 정도였다.

불현듯 슈테피는 부모님이 자매를 어떻게 생각할지 궁금해졌다. 슈테피가 편지에 쓰는 대로 만족한 생활을 하고 있다고 믿는지 아니면 슈테피의 속마음을 다 꿰뚫어보고 있는지 말이다. 원래 부모님은 슈테피에 대해 훤히 알았다. 하지만 서로 못 만난 지 벌써 4년이 되어 가지 않는가? 열두 살 때 떠나온 슈테피는 이제 곧 열여섯 살이 되어 간다.

그때 또 다른 생각이 슈테피를 엄습했다. 부모님도 슈테피처럼 그렇게 한다면? 부모님도 슈테피에게 모든 진실을 다 말하는 게 아니라면? 슈테피가 슬퍼하지 않도록 하기 위해, 아니면 이름도 모르는 어느 독일군이 사실대로 말하지 못하도록 금지하기라도 한다면? 생각보다 그곳이 훨씬 나쁘다면?

슈테피는 편지를 봉투에 넣고 봉했다. 가슴이 묵직하게 아파왔다. 학교 가는 길에 편지를 우체통에 넣었다. 이 편지는 2주 후 반송되었다.

유디트가 물었다.

"봉투에 뭐라고 적혀 있었어? 출타중이라고 적혀 있었어?"

슈테피가 말했다.

"아니. '반송'이라고만 적혀 있었어."

유디트가 말했다.

"아, 그럼 너희 엄마가 다른 막사로 옮긴 모양이야. 아니면 배달이 잘못 되었던가. 다음번에는 틀림없이 잘 갈 거야."

슈테피가 말했다.

"출타중이라니. 어디로 출타한다는 거야?"

유디트가 말했다.

"그건 나도 몰라."

하지만 유디트는 입술을 꼭 깨물며 말을 참았다.

슈테피와 유디트는 아름다운 초여름 저녁에 산책을 했다. 가로수 길에 난 보리수는 연초록색으로 반짝이고 마로니에의 원추꽃차례는 하얀 불빛처럼 빛났다. 두 사람은 이 도시에서 가장 오래 된 구역 둘레에 파놓은 해자 쪽으로 내려가 다리를 흔들거리며 앉아 있었다.

유디트는 슈테피의 구두를 쳐다보며 말했다.

"봄 구두를 다 수선했나 보구나."

"응."

유디트가 말했다.

"난 네가 거짓말한 줄 알았어. 그때 구두 수선에 대해서 말할 때 네 표정이 좀 이상했거든. 네 양부모는 어떤 사람이니?"

슈테피는 메르타 아줌마와 에버트 아저씨에 대해 가능한
좋게 설명하려 애썼다. 유디트는 묵묵히 듣고 있었다.

잠자코 듣기만 하던 유디트가 말했다.

"스웨덴 사람들은 특이해. 코끼리 피부를 갖고 있나 봐. 아
무 느낌이 없는 사람들 같아."

슈테피가 말했다.

"아냐. 느낌이 있어. 다른 방식으로 자기 느낌을 내보일 뿐
이야."

유디트가 말했다.

"전쟁이 어서 끝나면 얼마나 좋을까. 그럼 난 팔레스타인
으로 갈 거야. 넌?"

슈테피가 말했다.

"집으로 가야지."

유디트가 따라했다.

"집으로. 우린 집이 없어. 그 사람들이 우리 집을 빼앗아갔
어. 그 사람들은 살 권리까지 빼앗아갔어."

"하지만 전쟁이 끝나고 독일군이 철수하고 나면 그때는 모
든 게 예전처럼 되지 않을까?"

"다시는 예전처럼 될 수가 없어. 절대로!"

슈테피는 생각에 잠겼다. 유디트 말이 맞을지도 모른다.

유디트가 말했다.

"우린 레오폴트슈타트에서 살았어. 그 사람들이 레오폴트 가쎄에 있는 회당을 폭파하던 모습을 잊을 수가 없어. 부서진 돌조각들이 몇 미터까지 공중으로 높이 치솟았어. 전쟁이라도 난 것 같았어."

유디트는 풀밭에 등을 대고 누웠다. 다리는 시커먼 수면 위에서 대롱거렸다. 유디트는 팔베개를 하고 누워 하늘을 쳐다보았다.

유디트가 말했다.

"아무것도 안 남으면 좋겠어. 집도, 교회도, 거리도 말이야. 폭탄이 모든 걸 다 부셔 버렸으면 좋겠어. 그래야 아무도 자기 집을 다시 찾을 수가 없지. 절대로."

슈테피는 유디트의 예쁜 얼굴을 쳐다보았다. 유디트의 얼굴 둘레는 천사 같은 곱슬머리가 내려와 있었다. 그러나 파란 눈은 증오심으로 이글거렸다.

슈테피는 흙으로 변해버린 빈을 그려보았다. 학교는 폐허가 되고 슈테피가 살던 집은 폭탄으로 무너졌다. 상점의 쇼윈도들이 들어서 있던 아름다운 거리는 푹 패여 커다란 구멍이 입을 짝 벌리고 있고 전차 궤도는 끊어져 버렸다. 프라터의 큰 회전놀이기구도 고철덩어리로 변했다.

슈테피가 말했다.

"안 돼. 난 그렇게 되는 거 싫어."

그때 슈테피는 유디트가 울고 있는 걸 보았다.

유디트의 말이 슈테피의 머릿속을 떠나지 않았다.

"우린 이제 집이 없어."

지금까지 슈테피는 전쟁이 끝나면 모든 것이 예전처럼 될 거라고 생각했다. 슈테피 가족은 프라터 근처의 대저택으로 다시 돌아가 한 가족처럼 살 거라고 믿었다.

하지만 슈테피 집에는 지금 다른 사람들이 살고 있다. 유대인이 아닌 사람들이. 그래서 정상적인 생활을 꾸려갈 권리가 있는 사람들이. 유디트가 바라는 것처럼 그 집이 폭탄에 잿더미가 되지 않았다면 말이다.

슈테피 가족은 다시 한 가족이 될 수 있을까? 4년, 5년, 6년이 지나고 다시 만났을 때도 아무 일이 없었던 것처럼 함께 생활할 수 있을까? 만약 전쟁이 앞으로 몇 년 더 걸린다면 슈테피도 어른이 된다. 사춘기가 되는 여동생 넬리는 빈보다 스웨덴을 더 자기 조국처럼 여기게 될 것이다.

넬리를 생각하자 슈테피는 마음이 아팠다. 옛날에는 서로 아주 친했는데. 지금은 따로 떨어져 생활한다. 자매가 아닌 것처럼.

따귀를 때린 기억이 다시 슈테피 마음을 괴롭혔다. 슈테피

144

는 그 일을 떠올리고 싶지 않았다.

곧 괜찮아질 거야, 슈테피는 스스로 위로했다. 우리는 한 가족이야. 우린 서로 사랑해. 시간이 좀 필요할 뿐이야. 하지만 모두 다 잘 될 거야. 전쟁이 어서 끝나기만 한다년.

이 '우리' 라는 말이 슈테피와 유디트에게 주는 의미는 서로 다르다. 슈테피에게 이 말은 '우리 가족' 을 뜻한다. 하지만 유디트에게 이 말은 '우리 유대인' 과 같은 말이다.

독일군이 오기 전에 슈테피는 자신이 유대인이라는 생각을 해 본 적이 한 번도 없었다. 자신이 유대인이라는 걸 알고는 있었지만 일 년에 몇 번 회당에 가야한다는 것을 제외하면 아무 의미도 없었다. 크리스천인 친구들이 크리스마스와 부활절 때 교회에 가는 것과 똑같았다. 독일군이 와서 슈테피, 넬리, 엄마, 아빠를 특별한 부류에 속하는 사람이라고 선포했다. 또 집을 옮기고 학교를 바꾸도록 강요했다.

독일군이 슈테피를 유대인으로 만든 것이다. 섬에 와서 슈테피는 크리스천이 되었다. 성령강림절교회의 신자가 되어 '구원' 을 받고 세례를 받았다. 하지만 계속 남모르는 의심이 고개를 쳐들었다. 실제로는 교회에 속하지 못하면서 그런 척하고만 있을 뿐이라는 느낌이 들었다.

반면 유디트는 자신이 누군지 확실히 아는 듯했다. 그 때문에 슈테피는 종종 유디트가 부러웠다. 물론 유디트가 전쟁과 박해 속에서 더 힘든 시간을 겪었다는 건 슈테피도 안다. 하지만 유디트가 말하는 '우리'의 의미는 범위가 더 크며 쉽게 깨질 수 없는 것이다. 또 유디트는 적어도 팔레스타인에 오빠들이 있어서 그곳으로 갈 꿈이라도 있다.

난 뭐가 있지? 슈테피가 생각했다. 난 누구일까? 난 어떤 사람이 되어야 할까?

18

대강당에서 방학식이 끝나고 나자 모두 교실로 모였다. 축제 같은 분위기였다. 3년 동안 학생들은 한 반에서 공부했다. 이제 모두들 뿔뿔이 흩어지게 되었다. 학교를 바꾸는 학생들도 있고 아비투어까지 김나지움을 계속 다니는 학생들도 있었다.

비에르크 선생님은 성적표를 나눠 주었다. 앞으로 나와 성적표를 받는 학생 하나하나에게 선생님은 개인적인 논평을 해 주었다.

선생님이 말했다.

"마이, 너는 그 동안 수학하고 잘 지내지 못했구나. 이제 다시는 수학 공부를 안 해도 돼. 이젠 네가 잘 할 수 있는 과

목에 열중하렴. 행운을 빌어."

반에서 가장 예쁘고 인기 있는 소녀 중 하나인 해리엇에게
는 이렇게 말했다.

"널 일 년 더 가르치게 되었구나. 넌 우등생은 아니었지만
그래도 수업 분위기를 활기차게 만드는 데 한 몫을 했어. 계
속 그렇게 하도록 해. 학교에서뿐만 아니라 네 인생에서도
말이야."

슈테피는 뒤에서 두 번째였다.

비에르크 선생님이 말했다.

"슈테파니, 교사에게 있어 너와 같은 학생은 기쁨이야. 네
가 받은 성적이 만족스러울 거야. 이 년 후에 치를 아비투어
성적도 틀림없이 좋을 거야. 우린 곧 다시 만나자!"

슈테피가 다시 제자리에 돌아와 앉자, 다른 학생 둘이서
비에르크 선생님의 애제자인 슈테피에 대해 뭐라고 속닥거
리는 소리가 들려 왔다. 슈테피는 봉투를 열어 성적표를 펴
보았다. '수'가 둘, 나머지는 모두 '우'였다. 슈테피는 만족
했다.

수요일 저녁, 슈테피와 베라는 늘 그렇듯이 카페에서 만났
다. 하지만 곧 슈테피가 섬으로 떠날 예정이었기 때문에 당
분간은 마지막 수요일 만남이 되는 셈이다. 하지만 그 후에

도 두 사람은 서로 만날 수 있었다. 베라의 여주인이 섬의 가게 주인집 별장을 빌리기로 했기 때문이다. 베라와 여주인은 여름 내내 섬에서 지낼 계획이었다.

베라가 말했다.

"여주인은 몸이 아주 허약해."

'허약하다'는 말을 어찌나 강조했던지 베라가 평소에 여주인을 얼마나 철없고 미련하게 여기는지 고스란히 느껴질 정도였다.

"하지만 신선한 바다 공기와 해수욕이 여주인에게 많은 도움이 될 거래. 주인 아저씨는 도시에서 혼자 지내게 되어 좋아할 게 틀림없어. 여주인이 있으면 계속 죽는 소리만 해대거든. 주인 아저씨는 나더러 집에 남아서 자기 밥이나 해 달라고 했지만, 여주인이 그렇게 하도록 내버려 둘 리가 없지."

베라는 그 빨간 머리를 뒤로 젖히며 웃었다.

"네 여주인이 우리 섬에서 지내기로 했다니 정말 기뻐."

슈테티가 말했다.

"그럼 도시에서처럼 섬에서도 자주 만날 수 있잖아. 네가 쉬는 날에는 함께 자전거도 타고 수영도 하는 거야. 우리가 늘 가던 절벽 위에서 일광욕도 하고 바위에서 다이빙도 하고 말이야."

하지만 베라는 별로 좋아하는 기색이 아니었다.

베라가 말했다.

"난 어딘가 다른 곳에 가고 싶어. 새로운 것을 보고 싶어. 섬사람들은 말이 너무 많아."

"그게 무슨 말이야?"

베라가 말했다.

"아, 난 차리리 도시에 머물렀으면 좋겠다고."

"주인 밥이나 해 주면서?"

베라가 말했다.

"그건 아니지만. 집에서 주인 아저씨와 단둘이 지낼 수는 없지. 절대로."

"리카르드 때문에 도시에 있고 싶다는 거야?"

베라가 말했다.

"그럴지도 몰라."

베라는 다그치면 조개처럼 입을 꾹 다무는 성격이었다. 베라가 자신에 대해서나 리카르드에 대해서 별 말이 없어서 슈테피는 속이 상했다. 슈테피도 물론 예테보리에서 처음 공부를 하던 해에 스벤을 사랑했었다는 말을 베라에게는 하지 않았다. 하지만 그건 아무도 모르는 사랑이었다. 스벤조차 몰랐던 사랑이니까.

하지만 베라와 리카르드는 문제가 좀 다르다. 두 사람은 연인이다. 슈테피는 그 사실에 약간 놀라기는 했다. 베라는 항상 부자와 결혼하고 싶다고 말했지만 리카르드는 부유하지 않았기 때문이다. 하지만 베라가 리카르드를 사랑하는 모양이다. 별로 그렇게 보이지는 않지만.

베라는 섬이 따분한 모양이야, 슈테피가 생각했다. 하긴 섬에는 놀거리가 없다. 댄스장도 없고, 다른 섬에서처럼 여름 숙박 손님을 위해 개최하는 부두의 댄스 파티도 이 섬에는 없다. 외출과 댄스에 길들여진 사람에게는 당연히 이 섬이 따분할 것이다.

슈테피가 말했다.

"난 어쨌든 좋아. 네가 섬에 오게 되어서 말이야."

그때 베라는 슈테피의 눈을 똑바로 쳐다보았다. 베라의 푸른 눈은 따뜻해 보였다.

베라가 말했다.

"미안해. 내가 어리석었어. 물론 나도 너와 함께 지내는 게 좋아."

베라는 잠시 커피 잔을 들여다보았다. 하지만 다시 얼굴을 쳐들었을 때는 따뜻한 눈길은 온데간데없었다. 마치 눈에 보이지 않는 투구를 쓰고 있는 것 같았다. 주위로부터 자신을 보호하기 위해 뭔가로 가리고 있는 것 같았다.

베라가 말했다.

"이제 가봐야겠어. 다음 주에 섬에서 만나자."

다음 날 슈테피는 섬으로 떠났다. 여름 숙박 손님이 오기 전에 메르타 아줌마를 도와 대청소를 하고 자기 물건을 지하실로 옮겨야 했다. 처음에 비에르크 선생님은 친구와 함께 지하실에서 지내겠다고 고집을 피웠다. 하지만 메르타 아줌마도 절대 그럴 수 없다고 맞섰다. 여름 숙박 손님은 '위'에서 지내야 한다. 항상 그래 왔고 앞으로도 그럴 것이다. 비에르크 선생님이 할 수 없이 굴복하고 말았다.

아주 할 일이 많은 여름이 될 것이다. 슈테피는 가을에 있을 월반 시험에 합격하기 위해 열심히 공부해야 했다. 7월에 마이가 섬에 와서 몇 주 함께 지내기로 했다. 날씨가 좋은 일요일에는 마이의 모든 가족이 수영하러 오기로 했다. 증기선이 부두에 정박했다. 슈테피는 섬에 도착했다.

19

방학식이 끝나고 일주일 후 헤드비그 비에르크 선생님이 친구와 함께 섬에 왔다. 일주일 동안 슈테피와 메르타 아줌마는 지하실로 물건을 옮기고, 이불을 바람에 쏘이고, 바닥을 문지르고, 창문을 닦았다. 이제 모든 게 반짝반짝 빛났다. 슈테피는 식탁과 거실 테이블 위에 편도꽃, 패랭이꽃, 물망초 등 야생화를 꽂아 두었다.

메르타 아줌마는 무시하듯 말했다.

"넌 선생님들에게 이런 잡초나 꽂아 드리고 싶니?"

슈테피가 말했다.

"비에르크 선생님은 꽃들에 관심이 많아요. 그게 직업이거든요."

우선 두 선생님의 짐을 가겟집 배달부의 자전거 수레에 실어 옮겨왔다. 잠시 후 두 선생님이 언덕 아래로 모습을 나타냈다. 비에르크 선생님은 폭이 좁은 검정 바지와 흰 셔츠를 입고 있었다. 선생님은 바지를 입을 때가 가장 편하다고 하면서도 학교에서는 할 수 없이 치마나 적어도 치마바지를 입고 다녔다.

선생님 친구인 제니스는 꽃무늬가 그려진 여름 원피스를 입고 있었다. 제니스는 키가 작고 연약했다. 몸집이 슈테피만했다. 제니스 옆에 서자 날씬한 비에르크 선생님도 몸집이 크고 힘이 세 보였다. 제니스는 적갈색 머리에 피부는 새하얗고 주근깨가 많았다. 제니스가 쓰고 있는 챙이 넓은 모자는 피부를 보호하기 위한 것인 듯했다. 모자를 벗으니 베라처럼 푸른 눈이 드러났다.

메르타 아줌마는 정원 테이블에 커피와 방금 구운 케이크를 차려놓았다. 커피에 넣기 위해 준비한 설탕과 케이크에 들어간 설탕만 해도 벌써 일주일치 배급분이었다. 하지만 제니스는 커피에 설탕을 넣지 않았고 케이크도 겨우 반 조각만 먹었다.

비에르크 선생님과 메르타 아줌마는 서로 잘 어울렸다. 두 사람은 마치 오래 전부터 알던 사람처럼 이야기를 나눴다. 지금까지 딱 한 번 만난 사이인데도 말이다.

제니스는 슈테피를 보며 웃음을 지었다.

"여기 오게 되어서 정말 기뻐."

제니스는 영어 악센트를 약하게 섞어서 말했다.

"암초섬에는 처음 와 보는 거야. 전쟁이 나기 전부터 예테보리에 살았으면서 말이야."

제니스는 예테보리의 대극장에서 발레리나로 고용되어 있었다. 원래는 1년만 있을 생각이었지만 전쟁이 터지는 바람에 더 머물게 되었다.

슈테피는 제니스를 꼼꼼히 살펴보았다. 제니스의 동작 하나하나 모두 아름다웠다. 커피 잔을 입에 갖다 대기만 했을 뿐인데도 그 동작조차 완벽했다.

제니스가 말했다.

"올 여름이 정말 기대가 돼. 여긴 정말 아름다운 곳이야."

제니스는 부드러운 손놀림으로 바다와 수평선을 가리키며 말했다.

"바닷가에 살면 사람들이 현명해질 것 같아. 산 속에 갇혀 있거나 단조로운 평지에서 사는 사람에 비해서 말이야. 바닷가에서는 시선이 탁 트여 있잖아. 그래서 사람들이 자유로운 사고를 하도록 도와줄 것 같아. 네 생각은 어때?"

슈테피가 말했다.

"저도 그렇게 생각해요."

슈테피는 제니스 앞에서 약간 부끄러움을 탔다. 하지만 곧 제니스가 마음에 들 것 같았다.

슈테피가 비에르크 선생님을 도와 위층으로 가방을 옮기는 동안, 메르타 아줌마는 제니스에게 보트 창고, 선착장, 작은 보트를 보여 주었다. 비에르크 선생님은 계단을 올라가 침대가 놓인 메르타 아줌마와 에버트 아저씨 침실에 가방을 내려놓았다. 슈테피는 제니스 가방을 자기 방으로 들고 가 침대 옆에 놓았다. 슈테피는 액자와 그 밖의 개인적인 물건들을 이미 방에서 치웠다. 하지만 예수 그림은 장롱 위에서 여전히 다정하게 웃고 있었다.

예수 그림은 슈테피가 약 4년 전에 이곳에 왔을 때부터 걸려 있었다. 슈테피는 감히 예수 그림을 벽에서 떼어내거나 뒤집어 놓을 엄두를 내지 못했다. 슈테피는 세례를 받고 성령강림절교회의 일원이 된 이후로 매일 잠시라도 예수를 바라보며 사랑의 마음을 가져보려 애썼다. 주일 학교에서 늘 말하는 예수에 대한 사랑의 마음을. 하지만 잘 되지 않았다. 슈테피 눈에는 그 그림이 그냥 흉하게만 보였다.

스벤 가족이 메르타 아줌마 집에 여름 숙박 손님으로 이곳에서 지냈을 때 스벤은 예수 그림을 벽 쪽으로 돌려놓았다. 스벤 가족이 다시 이곳을 떠날 때에야 그림은 다시 제자리로 돌려졌다. 스벤 가족의 가정부인 엘나가 마지막으로 집을 정리하면서 그림을 다시 뒤집어 놓은 것이다.

지하 거실에서 저녁 식사를 마치자 메르타 아줌마가 슈테피에게 말했다.

"그 여자는 말도 참 이상하게 하더구나."

슈테피는 누굴 말하는지 뻔히 알면서도 이렇게 물었다.

"누구 말씀이세요?"

메르타 아줌마가 말했다.

"누군 누구야? 그 빨간 머리 여자 말이지. 비에르크 양은 괜찮아."

슈테피는 최대한 멋진 영어 발음으로 이름을 말했다.

"그분은 이름이 제니스예요."

"어쨌든 그 여자는 말하는 게 이상해. 나한테 뭐라고 물었는지 아니? 밖에서 자 본 적이 있냐는 거야. '바다와 하늘 사이에서' 말이지. 밖에서 자면 뭐가 좋은지 넌 알고 있냐?"

슈테피가 말했다.

"제니스 선생님은 밖에 나가면 기분이 아주 좋대요. 시선이 확 트여 있어서 말이에요."

메르타 아줌마가 말했다.

"십일월에 와서 한번 보라고 하려무나. 안개가 아주 짙게 낄 때 말이야. 어디 시선이 확 트여 있는지 한번 보라지."

슈테피는 아무 대꾸도 하지 않았다. 메르타 아줌마가 제니스를 좋아하지 않기로 마음먹었다면 그건 슈테피로서도 어쩔 수 없는 일이다.

베라와 주인 부부는 가게 집의 여름 별장을 빌렸다. 해마다 여름이면 늘 그렇듯이 섬은 여름 숙박 손님들로 넘쳐났다. 어부 가족들이 지하실로 거주지를 옮기는 동안, 숙박 손님들이 집 안을 온통 차지했다. 전쟁이 시작된 이후 암초섬으로 여행오는 사람들이 점점 많아졌다. 외국으로 여행갈 수가 없기 때문이다.

알마 아줌마의 여름 숙박 손님은 자녀가 셋이었다. 둘은 남자 아이고, 하나는 여자 아이로 넬리와 동갑이었다. 이름이 모드라는 이 여자 아이는 반바지를 입고 남자 아이처럼 뛰어다니며 오빠들과 거칠게 놀았다. 넬리는 소냐와 다른 학교 친구들은 몽땅 잊어버린 모양이었다. 모드와 모드 오빠들과 어울려 다니면서 나무에도 기어오르고 땅굴도 파느라 늘 온몸에 긁힌 상처와 파란 멍투성이로 집에 돌아왔다.

알마 아줌마는 넬리가 자꾸 거칠어진다고 메르타 아줌마에게 하소연했다.

"넬리가 예전에는 그렇게 사랑스럽고 말도 잘 듣더니."

메르타 아줌마가 말했다.

"알마, 네가 넬리 버릇을 엉망으로 들여놨어. 그 결과가 이제 나타나는 거야. 게다가 넌 네 자식들 버릇도 엉망으로 들여놨어."

알마 아줌마가 우는 소리를 했다.

"난 그런 적 없어요. 하지만 넬리는 전혀 딴 사람이 된 것 같아요. 나도 도무지 못 알아볼 정도라니까요."

메르타 아줌마가 말했다.

"괜찮아. 그것도 잠시뿐이야. 다시 차분해질 거야."

하지만 슈테피는 확신하지 못했다. 넬리는 올 여름에 낯선 사람처럼 변했다. 슈테피가 보기에 넬리에게서는 낯선 퉁명스러움과 격렬함이 느껴졌다. 슈테피를 쳐다보는 넬리 눈길에도 뭔가 날카로움이 번득이는 것 같았다. 넬리는 아직도 따귀를 맞은 일 때문에 화가 난 걸까? 슈테피가 넬리에게 용서를 빌었고, 넬리가 그 사과를 받아들였는데도? 아니면 다른 문제 때문일까? 자기 친언니를 미워할 수도 있을까?

매일 아침 슈테피는 위층에 올라가 비에르크 선생님에게 개인수업을 받았다. 아침 9시부터 11시까지 함께 공부하기로 했다. 일주일에 한 번은 비에르크 선생님이 늦잠을 잘 수 있게 제니스가 첫 시간 수업을 맡기로 했다.

슈테피는 대개 수학, 물리, 화학을 공부하며 보냈다. 어렵

긴 해도 재미가 있었다. 특히 수학이 재미있었다. 매일 슈테피는 오후에 할 숙제를 받았다. 저녁에는 스웨덴어 문학 수업에 나오는 소설을 읽었다. 그래도 하루 몇 시간은 시간을 내서 수영도 했다.

제니스와 매주 수요일 오전에 하는 수업은 편안하게 진행되었다. 제니스는 슈테피에게 영국 작가가 쓴 시나 소설을 읽게 한 뒤 영어로 토론했다. 제니스는 또 영국 노래를 가르쳐 주거나 라디오 채널을 돌려서 영국 BBC 방송국 뉴스를 듣기도 했다.

두 사람은 함께 전쟁에 관한 뉴스를 들었다. 그러나 말만 듣고서는 도무지 무슨 일이 벌어지는지 상상하기가 힘들었다. 이탈리아와 북아프리카에서 거둔 연합군의 승리는 잠시 주춤하는 모양이었다. 하루는 아나운서가 차분한 목소리로 독일 나치의 선전 장관인 괴벨스가 베를린을 '유대인 없는 지역'으로 선포했다고 전했다. 그러자 제니스가 라디오를 꺼 버렸다.

제니스는 슈테피에게 숙제를 전혀 내주지 않았다.

제니스는 비에르크 선생님에게 장난스럽게 윙크를 해 보이며 말했다.

"난 교사가 아니야. 네 마음대로 해."

비에르크 선생님이 말했다.

"슈테피가 영어 시험에 합격하기만 하면 돼. 하지만 떨어지면 네가 책임져. 그게 무슨 말인지는 잘 알겠지."

비에르크 선생님과 제니스는 특별한 어투로 대화를 나누었다. 약간 농담조로 말하지만 그 뒤에는 어느 정도 진지함이 묻어 있었다. 두 사람의 대화를 들어보면 말 자체를 뛰어넘는 뭔가가 있는 것 같았다. 두 사람은 정말 아주 절친한 사이임이 틀림없다. 서로 아주 다르면서도. 마치 슈테피와 마이처럼.

슈테피는 마이가 그리웠다. 마이하고는 무슨 이야기도 다 할 수 있었다. 마이는 늘 슈테피의 말에 귀 기울이며 다 이해해 주었다. 필요할 때는 진지해지다가도 적절한 순간에는 농담도 할 줄 알았다. 마이는 결코 신의를 저버릴 사람이 아니었다.

하지만 베라는 좀 달랐다. 벌써 오래 전의 일이긴 해도 슈테피는 섬에 온 첫 해에 베라가 자신을 배신한 일을 아직도 기억했다. 베라는 완전히 신뢰할 수 있는 사람은 아니었다.

누구든 베라와 함께 있으면 지루한 법이 없다. 베라는 잘 웃고 농담도 잘하고 재치로 가득하다. 하지만 올 여름에 베라는 평소 같지 않았다. 아무도 보는 사람이 없을 때에는 얼굴에 피곤한 기색이 드리워졌다. 말을 하다가도 중간에 입을 꾹 다물기도 했다. 마치 주변의 모든 것을 잊어버리기라도 한 듯이. 쾌활하고 유쾌한 베라 뒤로 또 다른 베라가 숨어 있는 것 같았다. 슈테피에게는 낯설기만 한 어른 베라가.

베라가 휴가를 받은 어느 날, 베라는 슈테피와 함께 해변으로 갔다. 그때 베라는 갑자기 속이 안 좋아졌다. 슈테피가 보온병에 든 커피를 잔에다 막 따를 때였다. 베라는 커피 잔을 들었지만 한 모금도 못 마시고 다시 내려놓았다. 베라는 입을 손으로 막은 뒤, 길 가 덤불 뒤로 뛰어갔다. 베라는 몸을 숙여 구토를 했다.

베라가 다시 돌아왔을 때 슈테피가 걱정스럽게 물었다.

"어디 아프니?"

베라가 말했다.

"아, 아무것도 아냐. 뭔가 잘못 먹었나 봐. 이젠 괜찮아졌어."

20

"하지는 일 년 중 하루 해가 가장 긴 날이야. 태양은 하늘 가장 높은 곳에 걸려 있고, 이 날은 하루가 스물네 시간 이상 되는 것처럼 느껴져."

지구의가 없어서 비에르크 선생님은 낡은 고무공을 이용해서 지축의 경사 때문에 생기는 계절의 변화를 설명했다. 선생님은 메르타 아줌마의 뜨개질바늘을 공에 꽂아 이를 축으로 돌리면서, 동시에 책상 위의 램프 주변도 함께 돌렸다.

비에르크 선생님이 말했다.

"마치 춤추는 것과 같아. 모든 게 움직여. 전 우주가 말이야. 만약 모든 게 멈춘다면 죽음을 의미해. 여기서는 움직임이 생명이야."

하지만 수업을 끝내고 계단을 내려왔을 때 태양은 비치지 않았다. 하지 밤은 회색빛으로 덮여 있었고 육지에는 비구름이 걸려 있었다.

비에르크 선생님이 물었다.

"육지에는 비가 오는데도 종종 먼 섬에서는 날씨가 좋은 이유를 아니?"

슈테피가 대답했다.

"아뇨."

선생님이 말했다.

"그건 내일 공부하자. 기상학을 좀 공부하는 거야. 날씨에 관한 학문 말이야. 자, 이젠 하지를 즐겨야지."

제니스는 집 모퉁이에 책을 한 권 들고 앉아 있었다. 비에르크 선생님이 슈테피와 수업을 할 때면 제니스는 늘 여기 앉아서 책을 읽고 있다. 태양이 비치는 날에는 커다란 밀짚 모자로 민감한 피부를 보호하면서.

메르타 아줌마가 말했다.

"저렇게 게으른 인간이 있나. 늘 책만 읽고 있지. 최소한 손으로 하는 일이라도 좀 하지."

메르타 아줌마는 책은 어른들이 읽는 게 아니라고 생각하는 사람이다. 어린이들은 숙제를 해야 하고 이런 저런 동화를 읽을 수 있다. 메르타 아줌마는 신문이나 읽고 일요일에는 성서만 읽을 뿐이다. 그게 전부다.

제니스는 비에르크 선생님의 목소리가 들리자 책을 내려 놓았다.

"수업 끝났어?"

비에르크 선생님이 말했다.

"응. 자, 이제 하지를 축하하러 가자."

섬 주민들은 하지라고 별로 특별한 행사를 치르지 않는다. 부활절에는 산 위에 큰 모닥불을 피워 놓고 축하하지만 하지는 별로 평판이 좋지 않았다. 하지는 사람들이 술에 취하는 축제이기 때문이다. 하지만 섬에서는 술을 마시지 않는다. 어쨌든 남들이 쳐다볼 정도로 많이 마시지는 않는다.

하지만 여름 숙박 손님들은 해변 위쪽 초원에 장대 기둥을 세웠다. 슈테피, 비에르크, 제니스도 이곳에 갔다.

장대 기둥과 횡목으로 쓸 나무들은 이미 나뭇잎들이 제거되었다. 섬에는 배나무가 많지 않아서 사시나무, 마가목 등 닥치는 대로 사용해야 했다.

작업을 진행하던 부인이 명랑하게 말했다.

"푸르구나. 모든 게 아주 푸르러."

슈테피는 그 부인이 누군지 알았다. 모드 엄마였다. 알마 아줌마의 집을 빌려 쓰고 있는 부인이었다. 그렇다면 넬리와 모드도 이 근처 어딘가 있는 게 틀림없다. 슈테피는 사방을 둘러보았지만 넬리는 보이지 않았다.

모드 엄마가 슈테피와 선생님들에게 꽃을 따오라고 시켰다. 대개는 미나리아재비, 빨간 클로버, 이런저런 데이지 꽃들만 눈에 띄었다.

비에르크 선생님이 말했다.

"우리 고향에서는 데이지 꽃, 수레국화, 양귀비로 화환을 엮었는데."

비에르크 선생님은 고향이 그리운 모양이었다. 슈테피는 선생님이 왜 하지 축제를 뵈름란드의 친척집에서 안 보내고 여기서 지내는지 궁금했다. 슈테피 때문에 섬에서 여름을 보내기로 결정한 것이 아니어야 할 텐데.

슈테피와 선생님은 꽃을 한 아름 안고 돌아왔다. 이제 화환을 엮을 차례다. 슈테피와 비에르크 선생님은 꽃으로 작은 다발을 만들었고, 제니스는 이 꽃다발로 화환을 엮었다. 꽃이 충분하지 않아서 나뭇잎도 섞어서 엮어야 했다.

모드 엄마도 화환을 엮고 있는데 갑자기 모드와 넬리가 뛰어왔다. 두 사람은 꼴이 말이 아닌데다 아주 신이 나 있었다. 모드는 잎사귀를 몇 개 떼더니 엄마 머리 위로 뿌렸다. 모드 엄마가 웃었다.

슈테피가 불렀다.

"넬리, 이리 와 봐!"

넬리는 슈테피와 비에르크 선생님 쪽으로 다가왔다.

"왜 그래?"

넬리 목소리는 멍하게 들렸고 눈에서 신나게 반짝이던 열정도 금세 사그라졌다.

슈테피가 말했다.

"이분은 우리 선생님이셔. 헤드비그 비에르크 선생님이셔. 이분은 비에르크 선생님 친구 분인 제니스 씨야. 우리 집에서 지내고 계셔. 여긴 제 동생 넬리예요."

넬리는 두 사람과 악수하며 공손하게 인사했다.

비에르크 선생님이 말했다.

"안녕, 넬리. 언제 우리 학교에 와서 내 제자가 될래? 내년 가을? 아니면 그 다음 해에?"

넬리가 대답했다.

"전 못 가요. 육학년까지 다니고 나면 학교를 그만둘 거예요."

비에르크 선생님이 물었다.

"네 친구는? 네 친구도 학교 안 다닐 거야?"

넬리가 물었다.

"모드요? 모드는 좀 달라요. 도시에서 살거든요. 하지만 원래는 모드도 학교 다니는 걸 싫어해요. 어쩌면 학교를 그

만두고 농장에서 말을 돌보는 일을 할지도 모른대요. 말을
사랑하거든요.”

모드에 대해 말하는 동안 넬리 얼굴이 환해졌다. 눈은 반
짝였고 곱슬머리는 이마 위로 흘러내렸다. 넬리가 고개를 뒤
로 젖히며 흘러내린 머리를 뒤로 넘겼다. 이런 넬리 모습이
마치 조바심이 난 조랑말처럼 보였다. 갈기 같은 검은 머리
카락까지 잘 어우러져서.

넬리가 말했다.

“이제 가 봐야겠어요. 모드가 기다려요. 알마 아줌마가 버
터 빵을 줬다고 모드 엄마에게 가서 말해야 해요. 그래야 식
사 준비하러 집에 갈 필요가 없죠.”

넬리는 비에르크 선생님과 제니스 앞에 무릎을 살짝 굽혀
인사를 하더니 달아났다.

제니스가 슈테피에게 말했다.

“정말 예쁜 동생이구나. 아주 힘이 넘쳐!”

비에르크 선생님이 말했다.

“동생 걱정은 안 해도 되겠구나. 학교 문제는 나중에 다시
생각이 바뀔 거야. 시간이 흐르면서 철이 들 테니까.”

슈테피가 생각했다.

‘그렇게만 되어 준다면……’

학교 문제가 넬리의 유일한 걱정이기만 하다면. 하지만 슈

테피는 아무 말도 하지 않았다. 넬리에 대한 걱정거리를 아무에게나 말할 수가 없었다. 그건 슈테피와 넬리 두 사람만의 문제다. 또 엄마 아빠하고의 문제이기도 하다.

슈테피가 부모님에게 그 문제에 대해 의논할 수 있다면! 몇 시간만이라도 부모님에게 모든 것을 말할 수만 있다면. 슈테피가 무엇을 걱정하고 넬리에 대해 책임을 진다는 게 얼마나 힘든 일인지 말할 수만 있다면. 아니면 적어도 사실이 어떤지 부모님에게 편지를 쓸 수만 있다면. 그래서 부모님이 슈테피에게 제대로 된 긴 편지를 보내줄 수만 있다면. 백 개의 글자로 된 엽서가 아니라.

슈테피는 부모님과 나누고 싶은 이야기가 아주 많았다. 특히 엄마하고. 슈테피는 예전에 학교에서 돌아와 오후에 엄마와 나누던 긴 대화를 떠올렸다. 선생님과 반 친구들에 대해, 생일 파티와 소풍에 대해 나누던 이야기들. 이제 슈테피가 더 컸으니까 다른 문제에 대해 이야기를 나눴을 게 틀림없다. 사랑에 대해, 어른이 된다는 것에 대해, 진짜 인생이 뭔지에 대해.

슈테피에게는 메르타 아줌마, 티라 아줌마, 헤드비그 비에르크 선생님이 있다.

하지만 아무도 엄마를 대신할 수는 없었다. 결코.

21

오후에 사람들은 장대 기둥 주변을 돌며 아코디언 음악과 노랫소리에 맞춰 춤을 추었다. 슈테피는 한 손에는 비에르크 선생님 손을, 또 다른 한 손에는 숙박 손님으로 온 어린 소녀의 손을 잡고 열심히 노래를 불렀다.

난 어젯밤에 그 사람을 보았네.
환한 달빛 아래서.
이제 각자 자기 짝을 찾으리.
나도 내 짝을 찾아야지.
마지막 사람은 혼자 남으리.

모두들 재빨리 자기 짝을 찾고 있을 때, 슈테피는 멍하게 사방을 둘러보았다. 비에르크 선생님은 웃으면서 제니스를 껴안았다. 어린 소녀는 엄마 품 안에 달려들었다. 슈테피만 빈손으로 혼자 서 있었다.

아이고, 창피해.
아이고, 창피해.
아무도 원하는 사람이 없다네.

그때 비에르크 선생님이 슈테피 손을 잡아 끌어당겼다. 세 사람은 작은 원을 만들었다. 슈테피, 비에르크, 제니스 이렇게 셋이서.

비에르크 선생님이 속삭였다.

"말도 안 되는 놀이야. 아무도 혼자 남으면 안 되지."

장대 기둥 주변을 돌며 추던 춤이 끝나자 모두들 집으로 돌아갔다. 저녁에는 이웃 섬의 부두에서 댄스 파티가 열렸다. 슈테피는 베라가 그곳에 갈지 궁금했다. 장대 기둥 축제에서는 베라가 보이지 않았다. 수요일이어서 베라가 휴가를 받았을 텐데 말이다.

비에르크 선생님이 말했다.

"오늘 밤에는 일곱 종류의 꽃을 꺾어야 해."

"일곱 종류의 꽃이라고요?"

"응, 그걸 베개 밑에 깔고 자면 미래의 배우자가 꿈에 나타 난대. 하지만 넌 우등생이니까 먼저 꽃 이름부터 맞춰야 해."

슈테피는 웃었다.

"그럴게요."

슈테피는 가게로 가는 갈림길에서 베라를 만났다. 비에르 크와 제니스는 먼저 집으로 갔다. 슈테피와 베라는 잠시 담 장 위에 걸터앉았다.

슈테피가 물었다.

"오늘 밤에 춤추러 갈 거니?"

베라는 고개를 흔들었다.

"오늘 휴가 아냐?"

베라가 말했다.

"맞아. 하지만 이 꼴로 어떻게……."

슈테피는 베라를 쳐다보았다. 베라는 평상시와 다름없었 다. 얼굴이 약간 더 둥글어졌고 블라우스가 가슴 부위에서 약간 당기는 것만 빼면.

슈테피가 말했다.

"예쁜데, 뭘. 어쨌든 춤추러 안 갈 거면 나하고 같이 꽃 따 러 가자."

"꽃을 따러?"

슈테피는 베라에게 설명해주었다. 베라도 꽃을 베개 밑에 깔고 자는 관습에 대해 모르고 있었다. 슈테피가 설명을 마치고 나자 베라는 다시 고개를 흔들었다.

"안 갈래. 내겐 아무 소용없어."

"누구하고 결혼하게 될지 궁금하지 않니?"

베라가 말했다.

"다 엉터리야."

그러면서도 슈테피와 함께 꽃을 따러 가겠다고 약속했다.

환한 하지 밤이 깜깜해지면 아무 말 없이 조용히 꽃을 따야 한다. 슈테피와 베라는 일곱 가지 서로 다른 종류의 꽃들을 찾아 어둠 속을 비틀거리며 돌아다녔다. 식물이 별로 없는 섬에서 일곱 가지 종류나 되는 꽃들을 찾는다는 건 힘들었다. 드디어 각자 딴 꽃이 모두 여섯 종류가 되었다. 미나리아재비, 연리초, 클로버, 갈퀴꽃, 벌노랑이, 양지꽃이었다. 길 가에 핀 분홍색 끈끈이대나물은 따지 않았다. 끈끈한 줄기가 깨끗한 베개 밑에 두기에 적당하지 않아서였다.

베라는 어느 집 앞의 꽃밭을 가리켰다. 꽃밭에는 금낭화와 작약이 피어 있었다.

슈테피는 고개를 흔들었다. 야생화여야 했다. 바위 틈 사이에서 파랗고 자줏빛 꽃이 반짝였다. 섬의 꽃이라고 할 수 있는 야생 팬지꽃이었다!

각자 조심스럽게 팬지꽃을 꺾었다. 이제 말을 하거나 웃지 않고 집으로 가기만 하면 된다.

그때 베라가 슈테피에게 장난을 치기 시작했다. 얼굴을 찡그리며 광대 흉내를 냈다. 그래도 슈테피가 웃지 않자 베라는 자신의 장기를 발휘하기 시작했다. 손님 앞에서 비열하게 구는 가게 주인과 호기심 많은 우체국 여직원 흉내를 냈다. 말은 하지 않은 채.

슈테피는 있는 힘껏 입술을 꽉 깨물었다. 절대 웃으면 안 된다!

갈림길에 이르렀을 때 슈테피의 얼굴은 억지로 웃음을 참느라 새빨개졌다. 두 사람은 한 마디 말도 없이 헤어졌다.

슈테피가 메르타 아줌마를 깨우지 않기 위해 조용히 지하실 침대로 기어들어왔을 때는 벌써 바깥이 훤히 밝아왔다. 일 년 중 가장 짧은 밤도 이렇게 해서 지나갔다.

슈테피는 피곤했지만 잠이 오지 않았다. 비에르크 선생님과 제니스도 꽃을 베개 밑에 두고 잤을지 궁금했다. 두 사람모두 결혼을 안 했으니까. 하지만 비에르크 선생님은 결혼을안 할지도 모른다. 자신의 일이 있고, 안락한 집도 있고, 학교에는 '제자들' 이 있으니까.

그럼 제니스는? 제니스는 아주 낭만적으로 보였다. 이름도 모르는 숭배자들이 극장으로 제니스에게 장미 꽃다발을 보낼 게 틀림없다. 또 공연이 끝나면 늦은 밤 멋진 신사들과 만찬도 즐길 것이다.

그런데 발레리나가 결혼해서 아이를 낳을 수 있을까? 그럼 발레를 그만두어야 하는 게 아닐까? 슈테피는 이런 생각에 잠겼다. 오페라 가수가 노래와 가정 사이에서 결정을 해야 하는 것처럼.

'엄마가 '밤의 여왕' 아리아를 평생 부를 수 없다면 그건 나 때문이야.'

이런 생각이 슈테피 머리에 번개처럼 스쳐갔다. 한 번도 이런 식으로 엄마를 생각한 적이 없었다. 엄마는 엄마일 뿐이었다. 자신만의 꿈과 소망을 가진 개인이 아니었다. 물론 슈테피도 엄마가 아빠를 만나서 결혼하고 아이를 낳기 전에는 자신의 인생이 있었다는 걸 안다. 엄마도 어렸을 때는 피아노를 배우고 성악 수업을 받았다. 엄마는 이미 열아홉 살 때 오페라에서 첫 솔로 역을 맡아 노래했으며 당시 화려한 장래가 보장되었다. 하지만 4년 뒤에는 임신으로 오페라를 그만 두어야 했다.

결혼을 해서 아이를 낳으면 자신이 꿈꾸던 모든 것을 포기할 수밖에 없는 걸까?

엄마는 아이들을 키우고 나면 다시 노래를 하고 싶어했다.

계속 성악 수업을 받으면서 가족과 친구들 앞에서 노래를 불렀다. 하지만 넬리가 학교에 입학하던 해에 나치가 빈에서 권력을 잡았다. 그때부터 유대인 가수와 음악가에게는 오페라가 금지되었다. 엄마는 오페라 공연에 가서 무대에서 옛 동료들이 노래하는 것도 볼 수가 없었다.

이제 엄마는 테레지엔슈타트에 있다. 이곳에서도 노래할 수가 없다. 이유가 뭘까?

마침내 슈테피는 잠이 들었다. 다음 날 아침 메르타 아줌마가 모닝커피를 마시라고 깨울 때까지 깊이 잠들었다. 어떤 꿈을 꾸었는지는 기억도 나지 않았다.

22

아빠 엽서는 한참만에야 왔다. 테레지엔슈타트에서 온 엽서인데도 평소와 달리 오래 걸렸다. 엽서에는 5월 17일이라고 날짜가 적혀 있었지만 슈테피는 6월 말에야 이 엽서를 받았다.

1943년 5월 17일, 테레지엔슈타트

슈테피!

네가 대학에서 계속 공부하기를 원하고, 또 그럴 수 있는 기회가 생겼다니 우리로서는 정말 다행이야. 넌 공부를 계속 해야만 한다. 그래야 앞으로 좋은 인생을 살아

갈 수 있어. 드디어 엄마가 어제 노래를 불렀단다. 엄마
는 정말 멋졌어!

아빠가

엄마가 어제 노래를 불렀다고. 그렇다면 〈마술피리〉가 공
연되었다는 말인데. 아빠가 지난번 엽서에 썼다가 지워진 글
때문에 공연이 금지된 건 아닌 모양이지?

슈테피는 아빠가 엄마의 노래에 대해 더 많이 적었더라면
좋았을 걸, 하고 생각했다. 슈테피의 미래 걱정일랑 접어두
고. 아빠의 편지를 읽으면 아빠는 슈테피가 곧 어른이 된다
는 걸 아직도 모르는 것 같았다. 슈테피를 위해 최선이 무엇
인지 슈테피 자신이 잘 알고 있다는 것을 아빠는 아직도 모
르는 모양이다.

부모님과 헤어졌을 당시 슈테피는 아직 어린아이였다. 부
모님을 우러러보고 부모님을 닮고 싶어하던 아이였다. 이제
슈테피는 곧 열여덟 살이 된다. 슈테피는 어른이 되어가는
이 기분을 부모님과 함께 나누고 싶었다. 부모님을 새로운
방식으로 알아가고 싶었다.

하지만 그건 불가능한 일이다. 전쟁이 끝나기 전까지는.

혹시 전쟁이 곧 끝나는 건 아닐까? 스탈린그라드와 북아

프리카에서 연합군이 거둔 승리에 이어 다른 곳에서도 성공이 뒤따랐다. 7월에 연합군은 시칠리아 섬에 상륙한다. 동부 전선에서 독일군이 공격했지만 러시아 군대는 독일군의 진군을 막고 다시 서쪽으로 추방했다.

슈테피, 비에르크, 제니스는 매일 전쟁의 경과를 지켜보았다. 메르타 아줌마도 종종 저녁 7시 뉴스를 듣기 위해 올라왔다. 가끔씩 제니스는 BBC 방송이 나올 때까지 낡은 갈색 라디오 채널을 돌렸다. 그러면 거실은 희미하게 툭툭 끊어지는 낯선 언어들로 가득 찼다. 한 번씩 독일어 음성이 끼어들면 제니스는 얼른 채널을 딴 데로 돌렸다.

BBC에서는 전쟁 상황에 관한 보도가 더 상세했다. 더 정확하기도 하다고 비에르크 선생님이 말했다. 스웨덴 당국은 소위 스웨덴 정부의 중립적 입장을 고려해서 항상 뉴스를 검열하기 때문이다.

중립적이라는 말은 어떤 입장도 갖지 않는다는 뜻이다. 스웨덴은 어떻게든 전쟁에 개입하지 않으려고 한다.

하지만 스웨덴 북부 광산에서는 독일 무기산업을 위해 광석을 실은 화차가 다닌다. 또 나라 전역에는 독일 군인을 가득 태운 기차들이 점령당한 노르웨이를 출입하고 있다. 많은 사람들이 독일군을 태운 기차들을 싫어해서 독일군을 태운 기차를 못 다니게 해야 한다고 요구했다.

마이가 물었다.

"올스크로켄의 역장이 독일군에게 뭐라고 말했는지 아니?"

마이는 여름 방학 동안 일하는 세탁소에서 2주간 휴가를 얻었다. 마이와 슈테피는 지하실 부엌 의자에서 함께 잠을 잤다. 자리를 확보하기 위해 서로 거꾸로 누워서 잤다. 오후에는 해안 절벽 위에서 일광욕을 했다. 무더운 날이었다. 바다 위는 태양 열기로 가득했다.

"몰라. 뭐라고 했는데?"

"독일군을 태운 기차가 멈춰 서면서 군인들이 창 밖으로 고개를 내밀었어. '예테보리?', '예테보리?' 하면서 군인들이 물었어. 그러자 역장이 군인처럼 인사하며 말했어. '아닙니다. 유감스럽게도 여긴 스탈린그라드입니다.' 하고 말이야."

슈테피는 웃었다.

"그러자 군인들이 얼른 고개를 집어넣더래."

마이는 유쾌하게 말했다.

"어디서 들었어?"

"아빠가 조선소에서 들었대. 신문에 났었나 봐. 진짜라고 아빠가 그랬어."

마이 아빠는 이야기를 많이 알고 있었다. 조선소에서 함께 일하는 동료나 근무 조장에 관한 이야기, 전차에서 목격한 이야기 같은 것들이었다. 때로는 마이 아빠가 '당국'이라고 일컫는 곳의 높은 사람들에 대한 이야기도 있었다. 권력을 가진 사람들을 웃음거리로 만드는 것은 권력을 갖지 못한 사람들의 생활을 홀가분하게 해 주는 면이 있었다.

베라도 마찬가지라고 슈테피가 생각했다. 베라는 사람들 흉내를 내면서 웃음거리를 만든다. 그렇게 하면서 베라는 사람들에 대한 두려움을 잊는다.

마이가 말했다.

"이제 수영하러 가자."

슈테피가 말했다.

"베라가 올지 모르겠네. 오늘 오후는 휴무인데."

마이가 말했다.

"베라는 한동안은 수영복을 못 입고 다닐걸."

"왜?"

마이가 물었다.

"어젯밤에 못 봤어? 눈에 안 띄도록 허리띠를 꼭 졸라맨 거 말이야."

"무슨 소리야? 뭐가 눈에 띄면 안 된다는 거야?"

마이는 슈테피를 뚫어지게 쳐다보았다.

"슈테파니."

마이가 말했다.

"넌 그런 문제에는 좀 둔감하더라. 하지만 그렇다고 설마 몰랐다고 말하지는 않겠지?"

"뭘 말이야?"

슈테피 목소리가 점점 커졌다. 마이가 슈테피 자신보다 베라에 대해 더 많이 알고 있는 것 같아서 기분이 나빴다. 베라는 슈테피의 친구다. 마이의 친구가 아니라. 마이와 베라가 처음에 비해 지금은 서로 잘 지내고 있긴 하지만 말이다.

마이가 조용히 말했다.

"베라가 임신했잖아. 너도 아는 줄 알았는데?"

말도 안 되는 얘기다!

슈테피가 말했다.

"임신 안 했어. 네가 어떻게 알아?"

마이는 아무 대답도 하지 않았다. 하지만 슈테피는 마이의 눈길에서 마이가 확신한다는 걸 느꼈다. 그냥 마이가 지어낸 얘기가 아니라는 걸.

베라는 몸 상태가 나빠졌다. 배는 둥글게 튀어나왔다. 베라 스스로 몸이 변했다고 말했다. 그리고 별장에서 그날 밤 삐걱거리던 침대 소리.

슈테피는 정말 자기가 어리석게 느껴졌다. 어리석으면서도 순진하다. 그걸 몰랐다니! 슈테피는 베라의 가장 절친한 친구가 아닌가!

"확실해?"

"직접 물어 봐."

마이가 말했다.

"베라가 왜 아무 말도 안 했는지 모르겠어. 가장 친한 친구한테 말이야. 나 같으면 얼른 말했을 텐데. 물론 내게는 그런 일이 일어나지도 않았겠지만 말이야."

그 말은 건방지게 들렸다. 마치 자기가 베라보다 더 나은 인간이라도 되는 양.

슈테피가 말했다.

"그 남자 아이도 베라 만큼이나 책임이 있어!"

마이가 말했다.

"그래, 그래. 홍분하지 마. 자, 우린 수영하러 가자."

23

그건 마이의 아이디어였다. 일요일 아침, 메르타 아줌마는 성령강림절교회에 가기 위해 막 준비하던 참이었다. 아줌마는 짙푸른 외출복을 입고 회색 리본을 목덜미에 얌전하게 묶었다. 아줌마는 거울 앞에 서서 밀짚모자를 머리핀으로 고정시키고 있었다.

보통 때는 슈테피도 아줌마와 함께 성령강림절교회에 갔다. 메르타 아줌마를 기쁘게 하기 위해서였다. 두 사람이 나란히 팔짱을 끼고 교회 앞에 도착하면 메르타 아줌마는 아주 뿌듯해했다. 하지만 슈테피는 부끄러운 생각이 들었다. 교회 안에서 설교하는 말을 믿지 않았기 때문이다. 이젠 찬송가도 특별히 아름답게 들리지도 않았다.

이번 일요일에는 메르타 아줌마 혼자 교회에 가야 했다. 마이가 섬에서 지내는 마지막 날이기 때문이다. 점심 식사 후에 슈테피는 마이를 선착장까지 배웅하기로 했다.

마이가 물었다.

"성령강림절교회에서도 헌금을 내요?"

메르타 아줌마가 마이 쪽으로 몸을 돌렸다.

"물론이지. 대부분의 돈이 전도 활동에 쓰여."

마이가 말했다.

"그럴 줄 알았어요. 제 말에 화내지 마세요. 아줌마께서 슈테피 부모님에게 소포를 보내신다는 거 알아요. 그분들은 틀림없이 음식과 옷이 필요할 거예요. 그래서 말인데요, 헌금을 슈테피 부모님에게 좀 보낼 수 없을까요? 이곳 사람들 모두 슈테피와 넬리를 알잖아요."

메르타 아줌마는 생각에 잠기며 고개를 끄덕였다.

"나쁜 생각은 아닌 것 같구나. 네 생각은 어떠니, 슈테피?"

자선이라. 슈테피 자신이 원조기구에 기부금을 내는 사람들의 자선에 의존해 사는 것만으로도 부족한 걸까? 이제 또 부모님을 위해 돈을 구걸해야 하는 걸까?

하지만 슈테피는 자존심을 꾹 눌렀다. 좋아. 좋은 생각이야. 이제 곧 가을이 오고 겨울이 와. 그럼 엄마 아빠에게 따뜻한 외투를 사서 보낼 수도 있어. 구두 배급표를 충분히 많이 모으면 구두도 보낼 수 있어.

슈테피가 말했다.

"좋아요. 좋은 생각이에요."

메르타 아줌마가 말했다.

"목사님과 얘기해 보마. 뭐라고 말씀하실지 두고 보자꾸나."

메르타 아줌마가 교회에 가고 난 뒤 슈테피와 마이는 마당으로 나갔다. 비에르크 선생님과 제니스는 정원 테이블에 앉아 있었다. 둘 다 목욕 가운을 입은 채 차를 마셨다.

비에르크 선생님이 말했다.

"안녕, 얘들아! 너희도 차 마실래?"

마이는 주저했다. 선생님과 개인적인 자리에서 만나는 게 아직도 익숙지 않았다.

슈테피가 말했다.

"네."

슈테피는 잔을 두 개 가져왔다. 제니스는 잔에다 차를 따른 뒤 각자 설탕 한 조각씩 주었다. 영국에서는 이렇게 한다는 걸 슈테피도 배워서 알았다. 영어 수업 시간에 차 초대하는 법을 재연한 적이 있었다. 그때 슈테피는 손님을 접대하는 여주인이 되어 손님인 제니스와 비에르크 선생님에게 차, 설탕, 우유, 과자, 스콘을 접대했다.

마이는 홀짝거리며 차를 마시더니 코를 약간 찡그렸다.

제니스가 물었다.

"차가 싫어, 마이?"

마이가 대답했다.

"모르겠어요. 맛이 커피하고 비슷할 줄 알았거든요."

비에르크 선생님이 말했다.

"우린 아침에 보트 선착장에서 수영을 했어. 그랬더니 따뜻한 차 맛이 기가 막히는구나. 이젠 해변을 따라 긴 산책을 할 생각이야. 너희들도 함께 갈래? 식물 표본 숙제를 위해서 해변 식물들을 수집해 줄 수도 있는데."

제니스가 웃으면서 말했다.

"이 봐, 헤드비그. 소녀들에게도 약간 자유시간을 줘. 마이는 오늘 집으로 가는 날이잖아, 안 그래?"

슈테피가 말했다.

"맞아요. 그냥 집에 있을래요. 메르타 아줌마가 교회에서 돌아오시기 전에 커피를 끓여놓겠다고 약속했거든요."

30분 후에 비에르크 선생님과 제니스는 반바지와 운동화 차림으로 집을 나섰다. 비에르크 선생님은 식물 수집에 필요한 용기와 작은 채집망을 들고 갔다. 제니스는 가방에 책을 한 권 넣어갔다.

슈테피와 마이는 계단에 앉아 햇볕을 쬐며 두 사람의 뒷모습을 바라보았다.

두 사람이 멀리 사라지자 마이가 말했다.

"오늘 아침에 두 사람이 수영하는 거 봤어. 옷을 다 벗고 수영하더라."

슈테피가 말했다.

"나도 알아. 아침이면 늘 그래. 메르타 아줌마는 그게 마음에 안 들면서도 감히 뭐라고 말을 못하셔. 에버트 아저씨가 집에 계시면 그러진 않을 텐데."

마이가 말했다.

"두 사람은 아주 절친한 친구인 것 같아. 진짜 친구 말이야. 그냥 좀 어른다울 뿐이지. 우리도 커서 저렇게 되면 좋겠어! 한 집에서 같이 살고 싶어. 넌 의학을 공부하고 난 사회학을 공부하면서. 나중에는 함께 일할 수도 있을 거야. 어린이를 위한 병원 같은 데서 말이야."

마이는 안경을 벗더니 콧대를 문질렀다. 마이는 흥분하면 늘 이렇게 했다.

슈테피가 말했다.

"난 여기 없을지도 몰라. 전쟁이 끝나면 말이야."

"네 부모님이 이곳으로 오실 수도 있잖아?"

슈테피가 말했다.

"모르겠어. 스웨덴에서 살게 될지, 아니면 빈에서 살게 될지 나도 모르겠어. 아니면 다른 곳에서 살게 될지."

마이는 잠깐 입을 다물었다.

"네가 떠나고 나면 너 같은 친구는 다신 못 얻을 거야."

마이는 이윽고 이렇게 말했다.

마이는 다시 안경을 썼다. 안경 뒤로 눈이 약간 촉촉하게 빛났다.

슈테피가 말했다.

"나도 마찬가지야. 너 같은 친구는 다신 못 만날 거야. 아마 그래도 가야할지도 몰라."

마이는 손을 뻗었다. 손가락 끝으로 조심스럽게 슈테피의 뺨을 어루만졌다. 슈테피는 마이 손을 꼭 잡았다.

마이가 말했다.

"참 이상해. 널 만나기 전에 난 항상 외로움을 느꼈었어. 부모님도 계시고 형제자매도 있고, 또 마당에는 늘 아이들로 북적거리고 학교에는 친구들이 있는데도 말이야. 난 늘 다른 사람들과 다르다고 느꼈었어. 그러다가 널 만나게 되었지. 넌 나하고는 아주 달랐지만 그래도 평생 널 알고 지낸 것처럼 처음부터 친근했어. 이상하지 않니?"

슈테피는 고개를 끄덕였다.

슈테피가 말했다.

"그런 걸 두고 정신적 교감이라고 말해."

마이는 슈테피를 바라보았다.

"네 무릎에 머리를 기대도 되니?"

슈테피는 다시 고개를 끄덕였다. 마이는 계단 하나를 더 내려와 몸을 기댔다. 마이의 머리가 무겁게 느껴졌다. 슈테피는 조심스럽게 마이의 머리를 쓰다듬었다. 둘은 한참 동안 이렇게 앉아 있느라 커피를 끓이는 것도 잊어버렸다. 메르타 아줌마의 자전거 바퀴가 언덕 아래 자갈길 위로 삐걱거리며 구르는 소리가 들리고 나서야 두 사람은 자리에서 벌떡 일어나 부엌으로 뛰어들어갔다.

점심 식사 후에 슈테피는 자전거로 마이를 부두까지 데려다 주었다. 마이는 짐칸 위에 앉았고 가방은 핸들에 걸어 두었다. 언덕 위로 올라갈 때는 힘들었다. 가장 가파른 곳에서는 둘 다 내려서 마이가 자전거를 밀고 갔다.

가게 근처에서 두 사람은 가게 집 딸인 실비아를 만났다. 실비아는 처음 섬에 온 해에 슈테피를 무척이나 괴롭혔다. 실비아는 아는 척도 하지 않고 눈썹만 치켜뜨더니 인사도 안 하고 지나갔다.

실비아가 지나가고 나자 마이가 물었다.

"저 애, 우리 학교 다니지 않았어?"

슈테피가 말했다.

"맞아. 우리하고 같은 학년이었는데 공부를 못해서 상업학교로 옮겼어."

이렇게 말하는 슈테피에게는 음흉한 승리감이 차올랐다. 실비아는 절대 용서할 수 없었다.

마이가 물었다.

"근데 왜 저렇게 잘난 척하는 거야?"

슈테피가 대답했다.

"마을의 가게 집 딸이거든. 너도 알겠지만 섬에 사는 사람들은 대개 어부야. 푸른색 작업복을 입고 돌아다니지 않아도 되는 사람들은 자신이 우월하다고 착각을 하지. 실비아도 우리보다 자기가 더 낫다고 믿을걸."

우리보다.

스웨덴에서 4년을 보내고 나자 슈테피는 자신이 옛날에 부드러운 양탄자와 고풍스런 가구들이 놓인 아름다운 대저택에서 살았었다는 사실을 거의 잊어버렸다. 자신과 넬리가 훤하게 밝은 커다란 어린이 방에서 지냈고 아빠에게는 책들로 가득 찬 서재가 있었다는 사실도. 슈테피가 아직도 그곳에 살았더라면 마이 같은 아이는 절대 만나지 못했을 것이다. 베라도 마찬가지고.

두 사람은 부두를 향한 마지막 비탈길을 달려 내려갔다. 그곳에는 이미 사람들이 배를 기다리고 있었다. 슈테피와 마이는 가방 손잡이를 같이 들었다.

이제 증기선이 선착장을 향해 고동소리를 내며 방향을 틀었다. 슈테피와 마이는 서로 끌어안았다.

"삼 주 후에 만나자."

슈테피가 말했다.

3주 후 일요일에 마이는 가족과 함께 이곳으로 놀러 오기로 했다. 어린 아이들은 바다에서 물놀이를 하고, 마이 부모와 메르타 아줌마가 드디어 서로 만나게 된다.

슈테피는 선착장에 서서 마이가 점처럼 작아질 때까지 한참 동안 손을 흔들었다.

24

"왜 사실대로 말하지 않았어?"

슈테피는 격분했다. 얼마 전까지만 해도 마이의 오해이기를 바랐다. 베라가 임신한 게 아니기를. 하지만 베라는 부인하지 않았다. 그랬다. 베라는 아이를 가졌다. 1월에.

베라가 말했다.

"나도 모르겠어. 때가 되면 너도 알게 될 거라고 생각했어."

"이제 어떻게 할 거야?"

베라가 말했다.

"리카르드와 난 약혼했어. 이것 봐. 약혼 반지야."

이제야 슈테피는 베라의 왼쪽 네 번째 손가락에 가느다란 금반지가 끼워져 있는 걸 보았다.

베라가 말했다.

"가을에 결혼할 거야."

"결혼한다고? 넌 이제 겨우 열여섯 살이야!"

"물론 국왕에게 허가를 청해야 해. 임신한 경우라면 쉽게 허가를 얻을 수 있대."

"하지만 넌 아직도 할 일이 많아! 영화 배우가 되고 싶어 했잖아! 유명해지고 싶어했잖아!"

"그건 다 어릴 적 얘기야."

베라가 말했다.

"어쨌든 지금으로서는 너무 늦었어."

베라는 피곤해 보였다. 얼굴은 약간 부어올랐고, 아름다운 빨간 머리는 빛을 잃어 엉망이었다.

슈테피는 화가 났다. 베라가 영화 배우가 되고 싶다는 꿈을 한 번도 제대로 믿은 적은 없지만 지금 베라는 그 꿈을 아예 포기한 것처럼 보였다. 마치 인생이 끝나기라도 한 것처럼. 만약에……

슈테피는 이것만은 꼭 알아야 했다.

"그 남자 사랑해?"

베라가 말했다."

"사랑이라, 그런 건 영화 속에서나 하는 얘기야. 리카르드는 친절해. 나와 아기를 돌보려고 해. 엔지니어 교육이 끝나면 돈도 잘 벌 거야."

슈테피가 소리질렀다.

"어떻게 그럴 수가 있니? 넌 그 남자가 그냥 친절하다고 해서 결혼하려고 하니?"

베라는 슈테피의 눈을 들여다보았다. 예전의 그 반항심 같은 것이 베라의 눈길에서 다시 번득였다.

"그럼 네게 더 좋은 생각이라도 있니? 넌 항상 뭐든지 다 잘 알잖아."

슈테피는 입술을 깨물었다.

"어쨌든 돌팔이 의사한테 애를 떼지는 않을 거야."

베라가 계속 말했다.

"어쩌면 나도 죽을 때까지 고생해야겠지. 하지만 우리 아기는 나처럼 아빠 없이 자라게 하지는 않을 거야. 이 섬에서 나만 사생아로 살아간다는 게 쉬운 일인 줄 아니? 모든 사람들이 다 쳐다보는데?"

슈테피가 말했다.

"아이는 낳을 수 있어. 그런 다음에……."

"…… 그런 다음에 입양시키라고?"

베라가 뒷말을 이었다.

"내가 그 말을 하필이면 너한테 들어야겠어? 하긴 네가 잘 알긴 아는구나. 너도 입양되었으니 말이야."

슈테피는 입을 다물었다. 베라가 하는 말은 모두 옳았다. 그런데도 슈테피는 모든 게 다 잘못되고 있다는 느낌이 들었다. 하지만 어떻게 해 볼 방법이 없었다.

슈테피가 말했다.

"아, 베라. 정말 미안해."

베라가 말했다.

"미안해할 필요 없어. 리카르드는 친절해. 우리는 행복하게 살 거야. 리카르드가 우릴 돌봐 주려고 하니 얼마나 기쁜지 몰라."

슈테피가 말했다.

"그건 당연한 거지! 자기 아이잖아. 네 아이일 뿐만 아니라."

베라가 말했다.

"그렇긴 하지."

에버트 아저씨는 새하얗게 질려서 긴장한 표정이었다. 아저씨는 지하 거실의 식탁에 앉아서 빵에다 마가린을 발랐다. 나이프를 잡은 아저씨의 손이 달달 떨리는 것을 슈테피는 알아챘다.

다시 일이 벌어졌다. 섬의 어선 한 척이 수뢰에 폭발했다.

이번에는 배에 탄 사람 모두 살아 남아서 다른 배들에 의해 육지로 옮겨졌다.

에버트 아저씨가 말했다.

"운 좋게 살아 남은 거야. 이런 식으로는 도무지 안 돼. 스웨덴 해역에서 말이야. '울프' 처럼 되고 말 거야."

슈테피는 소름이 끼쳤다. 섬에서 멀지 않은 곳에서 '울프'가 선원들을 태운 채 바다 밑에 가라앉았다. '울프' 는 구조되어야 한다. 잠수부들이 구조를 준비하고 있었다. 가을 전에는 구조가 이루어져야 한다.

"한 번씩 그런 생각을 해."

에버트 아저씨가 계속 말을 이었다.

"보트를 팔아야겠다고 말이야. 육지에서 할 일을 찾아봐야겠다고."

"'다이애나' 를 판다고요?"

메르타 아줌마의 목소리는 날카롭게 들렸다.

"설마 진심은 아니겠죠?"

"바다는 주는 것도 있고 앗아가는 것도 있어. 그건 참을 만해."

에버트 아지씨가 말했다.

"하지만 이 금속 물질은 수면 아래서 몰래 숨어 우리를 기다리고 있어…… 누군가 아주 사악한 의도로 금속 물질을 거기 놓아 두었다는 건 견디기 힘들어. 내가 죽으면 어떻게 해? 그럼 당신은 어떻게 할 거야? 또 저 아이는?"

메르타 아줌마가 말했다.

"그렇게 말하지 말아요. 특히 저 아이가 들을 때는 말이에요."

두 사람은 슈테피를 어린아이 취급했다. 슈테피가 있는데도 아랑곳하지 않고서.

슈테피가 말했다.

"'다이애나' 팔지 마세요! 제발 그러지 마세요! 전쟁은 곧 끝날 거예요. 곧 끝날 게 틀림없어요."

에버트 아저씨는 바다처럼 파란 눈으로 슈테피에게 슬픈 웃음을 지어 보였다.

아저씨가 말했다.

"그렇게 되기만 바라자꾸나. 아가야. 그렇게 되기만을!"

"난 유디트야."

전화 수화기에서 들려 오는 목소리는 멀게 느껴지긴 했지만 아주 힘이 넘쳤다.

"유디트 리버만이야. 내가 누군지 기억하지?"

"물론 기억하고말고. 어떻게 우리 집 전화번호를 알아냈어?"

유디트가 말했다.

"전화 교환원이 알려 줬어. 네 양부모 이름이 얀손이라고 그때 네가 말했잖아. 근데 전화는 누가 받은 거야? 목소리가 아주 젊던데."

슈테피가 말했다.

"우리 선생님이셔. 선생님이 친구하고 우리 집에서 휴가를 보내시거든."

슈테피는 이층 계단 아래 현관방에 서 있었다. 비에르크 선생님은 나가면서 문을 닫아 주었다. 슈테피가 조용하게 전화 통화를 할 수 있도록. 무더운 날이었다. 수화기를 잡은 손이 끈적거렸다.

"어떻게 지내니? 요즘도 일하니?"

한여름의 더위 속에서 초콜릿 공장에서 일하는 건 평소보다 더 힘든 일임이 틀림없다. 슈테피는 창백한 얼굴로 역겨운 초콜릿 냄새를 맡아가며 일하는 유디트를 떠올렸다.

유디트가 말했다.

"안 해. 휴가야. 이번 주와 다음 주가 휴가야. 어제 수지하고 전차 타고 잘트홀멘에 가서 수영했어. 근데 수영장 입장료가 아주 비싸더라. 수지는 삼 주 동안 시골에 있는 어느 가족에게 가서 지내. 어린이집에 있는 아이들 대부분이 여행을 가. 지금 어린이집에는 네 명만 남았어."

슈테피가 말했다.

"너도 여기 오면 좋을 텐데. 며칠만이라도 말이야."

"그래도 되니? 네 양부모님이 뭐라고 안 하실까?"

"괜찮을 거야. 메르타 아줌마에게 물어 볼게."

슈테피는 메르타 아줌마와 얘기해 본 다음에 다시 유디트에게 전화하기로 했다. 슈테피는 사실 갈등을 느꼈다. 한편으로는 친구가 있으면 좋을 것 같았다. 마이는 다시 세탁소로 일하러 떠났다. 베라는 배가 불러올수록 더 조용해지고 눈에 잘 띄지도 않았다. 이제 곧 느슨한 허리띠나 풍성하게 주름진 치마로도 배를 가릴 수 없을 때가 올 것이다. 마이 말대로 베라는 수영복을 입지 않았다.

하지만 슈테피는 공부를 해야 했다. 그리고 손님이 오면 공부하기가 힘들다. 마이에게는 공부해야 한다고 말할 수 있다. 마이도 슈테피에게 중요한 시기라는 걸 아니까. 하지만 유디트하고는 좀 어려울 것이다.

게다가 또 다른 문제도 있었다. 슈테피는 유디트와 메르타 아줌마가 서로 잘 지내지 못할까 봐 걱정이었다.

하지만 슈테피는 불안감을 떨쳐버렸다. 마이가 처음 섬에 왔을 때도 슈테피는 똑같은 걱정을 했던 사실이 떠올랐다. 그런데도 마이와 메르타 아줌마는 서로 마음이 잘 통했다. 세세한 문제들에서는 서로 의견이 다르긴 해도. 유디트와도 그렇게 지낼 수 있을 것이다.

메르타 아줌마가 물었다.

"그 아이는 어떤 애니?"

슈테피가 대답했다.

"그 애도 빈에서 왔어요. 마지막 학년 때 같은 반에서 공부했어요."

"그 아이는 왜 어린이집에서 사니? 그 아이를 받겠다는 가정이 없었니?"

슈테피가 말했다.

"처음에는 시골의 어느 집에서 지냈대요. 그러다가 일하기 위해 도시로 왔대요. 초콜릿 공장에서 일하고 있어요."

슈테피는 유디트가 스웨덴에 와서 겪었던 일들을 사실대로 다 말할 수 없었다. 유디트가 이집 저집 많이 옮겨 다닌 사실을 알면 메르타 아줌마는 유디트가 문제가 있는 아이라고 생각할지도 모르기 때문이다.

메르타 아줌마가 말했다.

"좋아, 며칠만이라면. 월요일부터 수요일까지. 그만하면 됐니?"

25

메르타 아줌마는 슈테피와 넬리 부모님에게 헌금을 기부하는 제안에 대해 성령강림절교회의 목사와 이야기를 나눴다. 목사 자신은 찬성도 반대도 하지 않았지만 자매가 신도들 앞에서 자신의 상황을 설명할 기회를 주겠다고 약속했다. 그러나 넬리는 함께 가기를 거부했다.

"전 안 갈래요."

넬리는 이렇게 말하고는 입을 꽉 다물었다.

"언니 혼자 가도 되잖아요."

메르타 아줌마와 알마 아줌마는 넬리를 설득하려 애썼다. 슈테피는 두 아줌마의 생각을 훤히 꿰뚫었다. 기다랗게 땋은 머리로 교회 어린이합창단에서 천사처럼 노래를 부르는 예쁘장한 열한 살짜리 소녀 넬리가 건장한 열여섯 살짜리 슈테피보다는 동정심을 일으키기 더 쉽기 때문이다. 게다가 슈테피는 도시에서 '죄 많은 생활'을 하다가 공동체에서 거의 제명될 뻔하지 않았던가.

하지만 넬리는 단호하게 거부했다. 설득도, 협박도, 뇌물도 전혀 통하지 않았다. 슈테피는 넬리에게 화가 나면서도 한편으로는 넬리의 고집에 감탄하고 말았다.

"싫어요, 싫어. 싫다고요."

마침내 슈테피와 메르타 아줌마만 가기로 했다.

예전에 슈테피가 영화관에 간 이유를 해명하기 위해 갔던 바로 그 방에서, 그때 그 사람들을 다시 만났다. 남자 다섯 명과 여자 한 명이 있었다. 손이 커다란 목사도 있었다. 이번에는 슈테피도 자리에 앉을 수 있었다. 목사는 슈테피에게 상황을 설명해 달라고 청했다.

슈테피가 말했다.

"우리 부모님은 수용소에 계세요. 프라하 근처의 테레지엔슈타트에요. 부모님은 전 재산을 빈에 모두 두고 떠나야 했어요. 지금 부모님은 음식과 따뜻한 옷이 필요하세요. 아빠는 그럭저럭 잘 지내시지만 엄마는 몸이 편찮으세요. 빈에서 폐렴에 걸리셔서 거의 돌아가실 뻔했어요. 올 겨울에 상당히 날씨가 추워지면 엄마는 다시 병에 걸릴지도 몰라요."

슈테피의 목소리는 평소와는 다르게 들렸다. 슈테피는 낯선 사람들에게 부모님에 대해 말하는 게 익숙하지 않았다.

메르타 아줌마가 거들었다.

"슈테피와 제가 음식물을 담아 보냅니다. 배급이 남거나 또 우리가 할 수 있는 한 아끼면서 말이지요. 하지만 옷과 구두의 경우는 기부를 받으면 큰 도움이 될 것 같습니다."

여자가 말했다.

"묻고 싶은 게 있어. 네 부모님은 크리스천이 아니지?"

슈테피가 대답했다.

"아니에요. 유대인이세요."

"수용소에서 부모님이 세례를 받을 가능성이 있니?"

슈테피는 자기 귀를 의심했다. 슈테피는 추위, 굶주림, 질병에 대해 이야기하고 있었다. 그런데 앞에 앉은 여자는 부모님이 개종할 것을 제안하고 있다.

그 여자는 계속 말을 이었다.

"네 부모님이 만약 크리스천이라면, 부모님을 도울 수 있는 기회가 틀림없이 더 많을 거야. 그럼 이스라엘선교회에서 도움을 받을 수도 있을 텐데."

남자 중 한 명이 입을 열었다.

"내 생각은 다릅니다. 그런 수용소에는 수감자들이 틀림없이 수천 명은 있을 텐데요? 유럽 전역에 있는 다른 수용소에도 마찬가지고요? 유대인뿐만 아니라 크리스천들도 틀림없이 있을 겁니다. 또 전쟁으로 고통 받는 일반 시민들도 있을 테고요. 그 사람들을 우리가 다 도울 수는 없습니다."

목사가 말했다.

"물론이죠. 그 말은 맞습니다. 우리가 그들을 다 도울 수는 없어요."

여자도 말했다.

"그렇죠. 가까운 곳에서도 고통 받는 사람들은 얼마든지 많아요."

슈테피를 둘러싼 목소리들은 텅 빈 공간에 울려 퍼졌다. 목소리들은 비현실적으로 들렸다. 낯설게. 슈테피는 마음속에서 울음이 터져 나올 것만 같았다. 하지만 이 사람들 앞에서 눈물을 보여서는 안 된다.

메르타 아줌마가 말했다.

"몇 사람은 도울 수 있잖아요. 우린 이 아이의 부모님은 도울 수 있어요. 그 정도 자선이면 충분하지 않아요?"

목사가 말했다.

"그 문제에 대해서는 더 생각해 보도록 합시다. 그 제안에 대해 생각해 보고 방법을 찾도록 합시다. 일주일 뒤에 다시 논의하기로 하죠. 좋습니까?"

아뇨, 안 좋아요. 슈테피는 이렇게 외치고 싶었다. 하지만 슈테피 목소리는 꽉 막혔고, 뭐라고 한 마디라도 하면 곧 울음이 터질 것만 같았다.

유디트가 오기 전 주말, 영국 전투기가 독일의 대도시 중 한 곳인 함부르크를 폭파했다. 뉴스에서는 함부르크 전역에 번진 불길과 수천 명의 사망자에 대해 보도했다.

슈테피는 봄과 여름에 연합군이 거둔 승리에는 환호했지만 이 폭파에 대해서는 조금도 기뻐할 수가 없었다. 전쟁을 끝내기 위해서 수천 명의 시민들을 죽일 필요가 있을까?

유디트가 말했다.

"그럼. 영국이 잘하고 있는 거야. 독일도 전쟁 초기에 외국 도시들을 폭파했어. 게다가 히틀러를 뽑아서 전쟁을 시작한 건 바로 독일 사람들이잖아."

슈테피가 말했다.

"독일 사람 전부는 아니지. 넌 그 사람들이 불쌍하니? 너와 네 가족이 그런 짓을 당하고도?"

두 사람은 부두를 나와 섬의 다른 쪽 끝자락에 놓인 집을 향해 오는 길이었다. 슈테피는 유디트의 작은 가방을 핸들 쪽에 건 뒤 자전거를 밀었다. 유디트와 슈테피는 자전거를 사이에 두고 나란히 걸었다. 유디트는 평소처럼 여전히 창백했고, 주근깨는 봄에 비해 하얀 피부 위에서 더 선명하게 도드라졌다.

"부모님에게서는 소식 있니? 편지가 반송된 이후에 말이야?"

슈테피가 말했다.

"응. 아빠에게서 엽서를 받았어. 하지만 그것도 벌써 오래 전의 일이야."

"너도 답장했어?"

슈테피는 고개를 끄덕였다.

"매주 편지를 써. 스웨덴에 온 이후로 늘 그렇게 해."

"네 편지는 반송된 적 없어?"

"없어."

유디트가 말했다.

"잘 됐구나. 부모님이 테레지엔슈타트에 계시는 동안에는 걱정할 필요 없어. 집은 아직도 멀었니?"

"그렇게 멀진 않아. 자전거 태워 줄까?"

유디트는 의심의 눈초리로 슈테피의 빨간 자전거를 살펴보았다.

"진짜 태워 줄 수 있어?"

슈테피가 말했다.

"물론이지."

유디트가 말했다.

"그래도 그냥 걷는 게 좋겠어. 이 자전거는 누구 거야?"

"내 거야."

"네 거라고? 네 자전거야?"

"열세 번째 생일 선물로 받았어. 메르타 아줌마와 에버트 아저씨한테서."

유디트는 곰곰이 생각에 잠긴 모습이었다.

유디트가 말했다.

"그 사람들은 좀 특별한 사람들인가 봐. 양딸에게 이렇게 좋은 걸 선물한 걸 보니."

슈테피가 말했다.

"응. 특별한 분들이셔."

그분들은 자전거보다 더 중요한 것들을 내게 많이 주셨어, 슈테피는 이렇게 말하고 싶었다. 하지만 그렇게 말하면 괜히 허풍을 떠는 것 같아 그냥 꾹 참고 말았다.

유디트는 메르타 아줌마에게 손을 내밀며 공손하게 인사했다. 하지만 유디트의 눈길은 의심으로 가득했다. 유디트는 스웨덴 사람들을 믿지 않는다. 아마 사람 자체를 믿지 않는지도 모르겠지만.

메르타 아줌마 쪽에서도 유디트의 머리와 주근깨를 예리한 눈길로 살펴보았다.

"아, 유디트는 공장에서 일한다고 들었는데?"

유디트가 말했다.

"초콜릿 공장이에요."

점심 식사는 이미 식탁 위에 차려져 있었다. 음식이 식지 않도록 대접 두 개에 접시가 덮여 있었다. 접시를 들춰 본 슈테피는 안도했다. 대접에는 대구가 들어 있었기 때문이다. 슈테피는 유디트가 종교적인 이유로 돼지고기를 안 먹는다는 사실을 메르타 아줌마에게 말한다는 걸 그만 깜빡 잊었다. 슈테피는 유디트가 안 듣는 자리에서 나중에 이야기할 생각이었다. 그래야 메르타 아줌마가 내일 식탁에 갈색 콩과 함께 커틀릿이나 피소시지를 올리는 일이 없지.

두 사람이 식탁에 앉아 대접을 덮은 접시를 막 벗길 때, 메르타 아줌마가 렌지에서 프라이팬을 들고 왔다. 아줌마가 프라이팬에 든 소스를 대구 위로 막 끼얹으려고 하는 순간 슈테피가 소리를 질렀다.

"잠깐만요!"

"왜 그래?"

메르타 아줌마는 잠시 프라이팬을 들고 서 있었다. 프라이팬에서는 구운 베이컨 냄새가 물씬 풍겨왔다.

대구 요리는 섬에서 일상적으로 먹는 음식이다. 메르타 아줌마는 대구 요리를 좀 더 특별하게 즐기고 싶을 때 여기다

베이컨과 기름 소스를 첨가한다.

"유디트는 돼지고기를 안 먹어요."

슈테피는 이렇게 말하고는 얼굴이 화끈 달아올랐다. 이 사실을 미리 알리지 않아서 메르타 아줌마가 유디트를 별나다고 생각하게 만든 것 같아서 부끄러웠다. 특히 유디트에게 부끄러웠다. 이제 유디트는 슈테피가 4년 동안 이곳에 살면서 아무 저항 없이 돼지고기를 먹었다는 사실을 알아챘을 것이기 때문이다.

유디트가 말했다.

"괜찮아요. 제가 먼저 생선을 덜어도 된다면 소스는 나중에 부으시면 되잖아요."

유디트는 슈테피를 흘깃 쳐다보았다. 슈테피는 고개를 떨어뜨렸다.

메르타 아줌마는 유디트에게 대구가 담긴 대접을 밀며 말했다.

"그럼 네가 먼저 덜려무나."

하지만 메르타 아줌마의 목소리는 이렇게 꾸짖는 듯했다.

'도대체 그게 무슨 행동이니! 주는 대로 먹을 것이지.'

세 사람은 아무 말 없이 식사했다. 평소에 슈테피가 즐겨 먹던 베이컨이 목에 걸려 넘어가지 않았다.

26

상황은 점점 나빠졌다. 유디트가 온 날 밤에는 특별한 일 없이 그냥 넘어갔다. 슈테피와 유디트는 바다 너머 지는 해를 보면서 보트 선착장에 앉아 이야기를 나누었다.

슈테피는 서쪽 하늘을 물들이는 아름다운 석양을 가리키며 말했다.

"정말 아름답지 않니?"

유디트가 말했다.

"으응. 근데 아무것도 없이 휑하네. 난 집들과 사람들이 북적이는 게 더 좋아."

"처음 여기 왔을 때는 정말 끔찍했어. 세상 끝 마을이라고 생각했지. 바다와 돌뿐이었거든. 하지만 이제는 여기가 좋

아. 참 이상하지?"

"응. 난 절대 이곳 생활에 적응하지 못할 것 같아. 하지만 팔레스타인에도 대도시는 없어. 우리 오빠들은 키부츠에서 살고 있어."

"그게 뭔데?"

유디트가 대답했다.

"집단 농장 같은 곳이야. 전쟁이 끝나면 나도 키부츠로 갈 거야. 그곳에서 잘 적응해야 해. 우리 가족과 함께 살 수만 있다면 뭐든 참아낼 수 있어."

유디트는 입을 다물더니 바다 위로 눈길을 던졌다.

잠시 후 유디트는 입을 열더니 이렇게 말했다.

"어쨌든 참 아름답긴 하다."

다음 날 오전에 슈테피는 평소처럼 비에르크 선생님 방으로 올라갔다. 유디트는 아침 설거지를 하고 침대 정리와 그 밖에 슈테피가 수업 후에 처리하는 일들을 혼자 해냈다.

슈테피가 다시 밖으로 나왔을 때 유디트는 제니스와 함께 정원에 앉아 있었다. 제니스는 유디트에게 1에서 10까지 영어로 말하는 법을 가르치고 있었다.

"원…… 투…… 쓰리."

유디트는 강한 악센트로 따라했다.

제니스는 웃으며 말했다.

"전쟁이 끝나면, 모두들 영어를 배워야 해. 영어가 새로운 세계어가 될 거야. 독일어는 이제 라틴어처럼 사멸하고 말걸."

비에르크 선생님이 말했다.

"과장하지 마. 히틀러가 지배하는 독일은 물론 정복되어야 해. 하지만 독일 사람들은 그대로 존재할 거야. 게다가 독일어는 이 두 아이의 모국어인 걸. 이제 그만 가자, 제니스. 난 수영하고 싶어!"

비에르크와 제니스는 자신들만의 수영 장소를 발견했다. 아무도 오지 않는 곳이었다. 이곳에서 두 사람은 훤한 대낮에도 절벽에서 벌거벗은 채로 물 속으로 뛰어들었다.

비에르크 선생님이 물었다.

"너희들도 같이 갈래? 애들아?"

슈테피가 얼른 대답했다.

"글쎄요."

유디트가 나체 수영에 대해 어떻게 반응할지 몰라서였다.

"저희는 그냥 바닷가로 갈래요. 유디트에게 섬을 좀 안내해 주고 싶거든요."

바닷가로 가는 동안 슈테피는 평소 습관대로 우체국에 들렀다. 엄마 아빠에게서 마지막 소식이 온 지 벌써 6주나 흘렸다. 오늘도 편지는 없었다.

유디트가 위로하며 말했다.

"곧 무슨 소식이 올 거야. 통신 사정이 어떤지 알잖아. 시간이 좀 걸릴 거야."

우체국 앞에서 두 사람은 베라를 만났다. 베라는 우체국으로 오던 중이었다. 슈테피는 베라와 유디트를 서로 소개시켜 주었다.

"여긴 베라 헤드베리야. 여긴 빈에서 온 유디트 리버만이고."

베라는 유디트의 곱슬머리와 투명한 피부를 조심스럽게 훑어보았다. 유디트의 눈길은 어쩔 수 없이 베라의 둥그스름한 배에 머물렀다.

슈테피가 물었다.

"내일 저녁에 시간 있니?"

베라는 고개를 끄덕였다.

슈테피가 말했다.

"그럼 내가 데리러 갈게. 유디트를 배타는 데까지 데려다주고 나서 말이야."

유디트가 섬에 오래 머물지 않을 거라는 걸 베라에게 알려줄 필요가 있었다. 마이가 처음에 섬에 놀러왔을 때 베라가 얼마나 질투했었는지 생생히 기억났기 때문이다.

베라가 말했다.

"그래. 지금은 우체국에 가야 해. 여주인은 신문과 우편물을 받기 전에는 자리에서 일어날 생각을 안 하거든."

슈테피는 베라가 우체국 안으로 사라지자마자 말했다.

"베라는 가을에 결혼해."

슈테피는 유디트가 베라를 실수로 임신이나 한 행실 나쁜 여자로 보기를 원치 않았다.

하지만 유디트는 그 문제는 별로 관심도 없는 것 같았다.

"아, 그래."

유디트는 이렇게만 대꾸했다.

바닷가 절벽 위에는 실비아가 친구 바브로와 함께 누워 있었다. 그래서 슈테피는 해변에만 머물렀다. 실비아만 없었더라면 절벽 위로 올라가 바닷물로 뛰어들고 싶었다.

두 사람은 거친 모래 위에 수건을 깔고 누웠다. 태양이 이글거렸다.

슈테피가 말했다.

"가자. 이제 수영하자!"

두 사람은 나란히 달려가 물 속에 들어갔다. 물이 무릎까지 닿자 유디트는 그 자리에 멈춰 서서 조심스럽게 한 발 한 발 앞으로 내디뎠다.

유디트가 물었다.

"이제 점점 깊어지니?"

슈테피가 말했다.

"아직은 아냐. 깊어지려면 아직 멀었어."

물이 가슴까지 차오르자 슈테피는 초조하게 유디트를 기다렸다.

"빨리 와!"

유디트는 불안하게 몇 걸음 슈테피 쪽으로 다가왔다. 슈테피는 유디트의 손을 잡고 끌어당겼다. 그런 다음 슈테피는 물 속으로 뛰어들며 몇 번 헤엄친 다음 유디트가 따라올 때까지 기다렸다. 하지만 유디트는 오지 않았다. 슈테피는 뒤를 돌아보았다.

저 뒤쪽에서 유디트의 머리가 물 속에서 올라왔다. 머리카락에서 뚝뚝 떨어지는 물은 유디트의 뺨과 어깨를 흥건히 적셨다. 유디트는 숨을 헐떡이며 입과 코로 물을 내뱉었다. 유디트의 파란 눈을 두려움으로 가득 찼다.

유디트가 소리를 꽥 질렀다.

"뭐 하는 짓이야? 날 물에 빠뜨려 죽게 할 셈이니?"

슈테피가 말했다.

"미안해. 넘어졌어?"

그제야 슈테피는 이해했다. 유디트가 수영을 못 한다는 사실을. 두 사람은 어린 아이들처럼 얕은 물에 머물러야 했다.

이제야 유디트는 다시 활기를 되찾아 물장구를 치고 물을 뿌리며 놀았다. 하지만 슈테피는 실비아와 바브로가 두 사람을 바라보며 킬킬대고 웃는 것을 보았다.

슈테피는 아무 상관없었다. 실비아가 어떻게 생각하든 이젠 하나도 중요하지 않았다.

밤에 슈테피와 유디트는 저녁 뉴스를 듣기 위해 비에르크와 제니스 방으로 올라갔다. 그런데 하필이면 오늘 라디오에서는 전쟁이 아닌 다른 소식을 전하고 있었다.

그러자 비에르크 선생님은 라디오를 껐다.

비에르크 선생님이 말했다.

"자, 이제 네 친구에게 집 안내나 하렴. 여긴 네 집이잖아."

슈테피는 유디트를 데리고 계단으로 올라갔다.

슈테피는 다락방 문을 열며 말했다.

"이게 내 방이야. 여름 숙박 손님이 없을 땐 말이야."

유디트가 먼저 좁은 방 안으로 들어갔다. 슈테피가 뒤따라 들어갔다.

방에서는 약간 환기가 안 된 냄새가 났다. 모든 것이 그대로였다. 침대, 책상, 의자, 장롱. 그리고 예수 그림까지.

슈테피와 유디트는 동시에 예수 그림에 눈길이 멎었다. 장롱 위 못에 걸린 예수 그림을.

예수는 붉은 옷을 입은 채 팔을 벌리고 있었다. 예수 주변에는 광채가 빛났고 머리 주변에는 후광이 비쳤다.

유디트는 예수 그림을 빤히 쳐다본 뒤에 슈테피를 바라보았다.

유디트가 물었다.

"저 사람들이 도대체 네게 무슨 짓을 한 거니? 네게 크리스천이 되라고 강요하든?"

강요라고? 그래. 어쩌면 강요했을지도 모른다. 하지만 슈테피도 동의했다. 싫다고 말하진 않았으니까. 슈테피는 감히 저항할 생각을 하지 못했다. 세례를 받고, 주일 학교에 가고, 찬송가를 부르고, 기도문을 외웠다. 스스로 그렇게 했다.

슈테피가 말했다.

"강요한 건 아니야. 그 사람들이 원하는 대로 내가 했을 뿐이야."

유디트가 말했다.

"너, 어떻게 그럴 수가 있어? 어떻게 네 민족을 배신할 수가 있어?"

27

그날 저녁과 다음 날 아침 내내 유디트는 아무 말 없이 조용했다. 아침 식사 도중 유디트는 10시 배로 예테보리에 가겠다고 말했다.

"넌 배웅 나올 필요 없어. 나 혼자서도 갈 수 있으니까."

유디트의 실망감은 두 사람 사이에 벽처럼 가로막고 있었다. 슈테피도 마음을 열 수가 없었다. 두 사람은 낯선 사람처럼 서로 뻣뻣하게 헤어졌다. 슈테피는 대문가에 서서 유디트가 가방을 들고 씩씩하게 걸어가는 모습을 지켜보았다.

메르타 아줌마가 물었다.

"저 애는 도대체 왜 저러니? 둘이 싸웠니?"

슈테피가 대답했다.

"아뇨. 그런 건 아니에요."

무슨 일이 있었는지 어떻게 메르타 아줌마에게 설명할 수 있을까? 하루 종일 슈테피는 그 문제만 곰곰이 생각했다. 유디트 말이 옳은 걸까? 슈테피가 자기 민족을 배신한 걸까? 부모님을 배신한 걸까?

슈테피는 목사와 신도 회장을 떠올렸다. 부모님을 도와달라고 슈테피가 청했을 때 보았던 그 이해심 없던 표정을 떠올렸다. 목사가 기도하기 위해 두 손을 모으던 모습도.

슈테피와 그 사람들에게는 어떤 공통점이 있을까?

슈테피와 그 사람들이 사랑하는 예수님에게는 어떤 공통점이 있을까?

슈테피 마음속에서 결심 하나가 서서히 무르익어 갔다.

오후에 슈테피는 베라와 약속했다는 사실이 떠올랐다. 수요일이니까 베라는 저녁에 쉰다. 6시 반에 슈테피는 가게 주인 별장의 부엌문을 두드렸다. 문이 열리기까지는 잠시 시간이 걸렸다. 문에 모습을 드러낸 것은 베라가 아니라 여주인이었다.

여주인이 말했다.

"베라는 집에 없어. 산책하러 갔어. 베라 방에서 기다리렴."

슈테피는 여주인을 따라 부엌을 지나 베라 방으로 갔다. 침대 하나, 장롱 하나, 흔들거리는 등나무 의자만 달랑 놓인 단출한 방이었다.

여주인은 방문을 닫아 주고 나갔다. 슈테피는 의자 위에 놓인 블라우스와 스타킹을 바닥에 내려놓고 앉았다. 베라는 곧 돌아오겠지. 수요일 저녁이면 늘 둘이 만났으니까.

하지만 시간은 계속 흘렀다. 부엌에 걸린 벽시계에서 째깍거리는 소리가 들리더니 잠시 후 종이 일곱 번 쳤다. 조급해진 슈테피는 장롱 위에 놓여 있던 낡은 잡지를 뒤적였다. 그때 잡지에서 오려진 종이가 바닥으로 떨어졌다. 슈테피는 몸을 굽혀 종이를 집어 들었다.

고개를 뒤로 젖혀 머리카락이 어깨 위로 내려온 소녀 사진이었다. 어깨는 맨살이 드러났고 블라우스는 풀어헤쳐져 있었다. 봉긋한 가슴 모양이 그대로 드러나 젖꼭지까지 보일 지경이었다. 손은 블라우스를 벗으려는 듯 블라우스를 잡아당기고 있었다. 입은 반쯤 벌려져 있고 눈도 거의 감겨져 있었다.

처음에 슈테피는 누구 사진인지 전혀 알아보지 못했다. 그러나 반쯤 감은 눈과 뒤로 젖힌 머리에도 불구하고 슈테피는 누구인지 곧 분명히 알았다.

사진에 나오는 소녀는 바로 베라였다.

그 사진사. 베라를 유명한 영화 배우로 만들어 주겠다던 그 사진사가 찍었다. 그러니까 이 따위 사진을 찍었단 말이지!

'네가 함께 왔더라면 좋았을 텐데.'

독일어 수업 시간에 배운 가정법 예가 슈테피 머릿속을 스쳐갔다.

슈테피가 베라가 사진 찍을 때 따라가기만 했었더라도 이런 일은 벌어지지 않았을 텐데. 슈테피는 베라를 그곳에서 데리고 나왔을 텐데. 가능한 한 빨리.

슈테피는 그 사진을 찢어버리고 싶었다. 그래서 이런 사진이 있다는 사실조차 잊고 싶었다. 하지만 이 사진은 잡지에서 오려낸 것이다. 잡지는 수천 권이 인쇄되었음이 틀림없다. 그러니까 수천 명의 사람들이 이 사진을 보았을 것이다. 수천 명에 이르는 남자들의 눈길이 베라의 가슴과 배를 더듬거렸을 게 틀림없다. 별장 베란다에서 벵트의 손이 슈테피의 몸을 더듬거렸던 것처럼.

슈테피는 어찌나 흥분을 했던지 부엌을 지나 방 가까이 다가오는 발자국 소리도 듣지 못했다. 문이 열리고 나서야 슈테피는 알아차렸다. 하지만 때는 이미 늦었다. 베라도 슈테피 손에 들려 있는 게 뭔지 이미 보았다.

"아, 허락도 없이 남의 물건에 손댔니?"

슈테피는 스스로 변호했다.

"잡지 속에서 떨어졌어. 널 기다리면서 잡지나 좀 보려고 했을 뿐이야."

"그거 이리 줘!"

슈테피는 베라에게 사진을 건네 주었다. 베라는 사진을 천천히 여러 갈래로 찢었다.

베라가 말했다.

"이건 그냥 잊어버리자."

슈테피는 자기 귀를 의심했다.

"그렇게 찢어 없앤다고 모든 게 사라지기라도 하니?"

베라가 말했다.

"너와는 상관없는 일이야. 어쨌든 넌 이해도 못 하잖아. 넌 많은 걸 놓쳤어. 넌 한 번도 뭔가에 사로잡혀 본 적이 없으니 네가 뭘 이해하겠니."

슈테피가 물었다.

"도대체 이걸 우정이라고 할 수 있니? 넌 거짓말이나 하고 숨기려고나 들면서? 넌 나를 못 믿니?"

베라가 조용하게 말했다.

"다른 사람보다는 널 더 믿는 편이야. 하지만 너도 완전히 믿은 적은 없어."

"그 사람이 이런 사진을 찍도록 어떻게 그냥 내버려 두었니? 왜 그랬어, 베라?"

베라가 말했다.

"더 나쁜 사진도 있었어. 몸을 더 많이 노출한 사진 말이야. 그 사진은 불태워 버렸어."

베라는 침대에 털썩 주저앉아 손으로 얼굴을 감쌌다. 두 사람 모두 한동안 조용히 앉아 있었다. 다시 고개를 든 베라의 얼굴은 표정이 달라졌다. 지금까지 쓰고 있던 가면을 벗은 것처럼 아주 적나라하게 드러났다.

베라가 말했다.

"그 사진사가 그렇게 시켰어. 한 단계씩 말이야. 처음에는 내 사진을 많이 찍었어. 그때는 옷을 입고 있었지. 나더러 웃으라고 하더니 고개를 이쪽저쪽으로 돌려 보라고 말했어. 머리를 앞으로 풀어헤치고 입맞춤하는 표정을 지으라고 했어. 그러더니 블라우스 단추 몇 개를 풀었으면 좋겠다고 말했어. 목둘레가 약간 보이는 게 더 예쁘다고 말했어. 그건 나도 별로 위험하지 않다고 생각했어. 사진사는 사진을 몇 장 찍더니 내게 다가와 단추를 두 개 더 풀어헤쳐서 어깨가 드러나도록 아래로 잡아당겼어."

베라는 잠시 말을 멈추고 숨을 들이쉬었다.

"그러더니 사진사가 내 브래지어가 흉하다고 벗으라고 했어. 내가 안 벗으려고 하자 사진사는 제대로 된 시리즈를 만들어야 한다고 말했어. 그래야 지금까지 이미 찍은 사진들도 써먹을 수가 있다고 말이야. 사진사는 나를 찍느라고 필름 한 통을 다 썼다고 말했어. 그래서 난 사진사가 시키는 대로 했어. 브래지어를 벗고 나자 그 다음에는 어떻게 되도 아무 상관이 없더라."

슈테피가 물었다.

"끔찍하지 않았어? 벌거벗은 모습을 보이는 게 말이야? 카메라를 든 사진사한테?"

베라는 고개를 흔들었다.

"그때는 별로 끔찍하지 않았어."

베라가 말했다.

"사실은 정반대였어. 사진사는 내가 아주 아름답다고 말했어. 자기가 찍은 소녀들 중에 내가 가장 아름답다고 했어. 미국의 유명한 영화 배우들 대부분이 유명해지기 전에 거의 다 나체 사진을 찍는다고도 말했어. 그 남자는 사진을 찍는 내내 그 말을 하면서……"

베라는 입을 다물었다.

"그래서?"

베라가 말했다.

"그 남자가 말로 나를 어루만지는 것 같은 기분이 들었어. 손으로 어루만지는 것처럼 말이야. 사진사는 내 앞에 와서 내가 어떻게 서야 하는지, 또 어떻게 누워야 하는지 보여 주었어. 하지만 사실은 말 때문이었어…… 한 번도 내게 그런 말을 해 준 사람이 없었거든. 그래서 내 마음에 들었어, 슈테피. 사진 찍는 게 좋았다고!"

"리카르드도 이 사실을 아니?"

"미쳤니? 리카르드가 알면 날 때릴 거야. 어쨌든 파혼하려고 들걸."

슈테피가 물었다.

"정말 그렇게 생각해? 그건 너희 두 사람과 아이하고는 아무 상관없는 일인데."

베라가 말했다.

"상관있어."

"어떻게?"

"사실은 누구 아인지 모르겠어. 리카르드 아이인지 아니면 사진사 아이인지 말이야."

"베라!"

베라는 얼굴을 찡그렸다.

"그래서 내가 말했잖아. 리카르드가 이 사실을 알면 날 때릴 거라고."

"사진사가 네게 그렇게 하라고 강요했어?"

베라가 말했다.

"어떤 점에서는. 폭력으로는 아니지만. 어쨌든 난 거절할 수가 없었어."

"왜?"

"그 남자는 필름 세 통을 찍더니 충분하다고 말했어. 내가 옷을 입으려고 하자 사진사는 아직 다 안 끝났다고 말했어. '내가 이걸 다 공짜로 해 줄 거라고 생각해?' 사진사가 이렇게 물었어. '필름 세 통을 쓰고 오후 내내 작업했는데?' 그때 난 돈이 조금 있었어. 하지만 내가 돈을 꺼내자 그 남자는 웃기만 하더니 돈은 필요 없다고 말했어. 그 남자는 내게 다가오더니 키스하면서 내 가슴을 만졌어. 난 안 된다고 말했지만 사진사는 자신에게 사진이 찍힌 여자들은 모두 자기하고 잤다고 말했어. 그것도 다 포함된다는 거야. '싫다고 거절하면 필름을 다 불태워 버릴 거야. 그럼 넌 어떻게 유명해질래?' 이렇게 말했어. 난 어떻게 해야 할지 몰랐어. 어쩌면 그렇게 나쁜 일이 아닐지도 모른다고 생각했어."

슈테피가 말했다.

"아, 베라. 베라, 베라."

슈테피는 손을 뻗어 베라의 손을 꼭 잡았다.

베라가 말했다.

"난 임신할까 봐 몹시 두려웠어. 그래서 아이를 위해 다른 아빠가 필요하다고 생각했어. 리카르드는 그 전부터 날 쫓아

다녔고, 이미 한 번 문 앞에서 키스하도록 허락한 적도 있었어. 난 리카르드가 행실이 바르고 성실한 남자라고 생각했어. 엔지니어도 될 거고. 하지만 난 서둘러야 했어. 그래야 제대로 임신 시기를 맞추지."

슈테피는 별장 베란다에서 보냈던 그날 밤을 떠올렸다. 침대 매트리스가 삐걱거리던 소리와 베라가 킬킬대고 웃던 소리를.

베라가 말했다.

"넌 날 혐오스럽다고 생각하겠지. 하지만 난 그때 정말 처음이었어. 아니, 그러니까 두 번째였어. 그리고 난 리카르드를 좋아해. 정말로. 리카르드에게 아무 말 안 할 거지? 약속하는 거지?"

슈테피는 대뜸 대답하지는 못했다. 베라가 부탁하는 약속은 아주 중요한 것이다. 슈테피는 세 사람의 인생이 달린 아주 중요한 거짓말에 끼어들게 되었다. 리카르드는 평생 자기가 베라 아이의 아빠라고 믿을 것이다. 그리고 그 아이도 리카르드를 자기 아빠라고 믿을 것이다.

하지만 그건 사실일 수도 있다. 그 아이는 진짜 리카르드의 아이일 수도 있다. 그리고 리카르드도 베라를 좋아한다. 안 그러면 베라와 결혼하겠다고 할 리가 없다.

슈테피가 말했다.

"그래. 네가 그렇게 원한다면 약속할게. 하지만 내가 너라면 그런 짓은 하지 않았을 거야."

베라가 말했다.

"나도 알아. 하지만 난 네가 아니니까."

28

슈테피가 다음 날 집에 돌아오자 메르타 아줌마는 목사를 만난 이야기를 들려 주었다. 헌금을 한 푼도 슈테피 부모님에게 보낼 수 없다고 말했다고 한다. 그 대신 토요일 오후에 기도회가 열리면 슈테피 부모님과 모든 전쟁 희생자들을 위한 기도를 해 주기로 했다.

"기도라고요?"

슈테피는 그 말이 쓴 음식이라도 되는 듯 내뱉었다.

"부모님은 기도가 필요한 게 아니라고요! 부모님은 음식과 따뜻한 옷이 필요해요."

메르타 아줌마가 말했다.

"우리 모두는 다 기도가 필요하단다."

슈테피가 물었다.

"뭘 위해 기도해야 하죠? 예수 그리스도가 다시 오셔서 테레지엔슈타트에 있는 모든 유대인들에게 빵 다섯 개와 물고기 두 마리를 주십사 하고요?"

메르타 아줌마가 말했다.

"이제 그만 해! 죄악에 빠지지 마!"

메르타 아줌마의 목소리는 날카롭게 들렸다.

슈테피가 말했다.

"그 사람들은 제 말을 제대로 안 들었어요. 그 사람들은 아무것도 이해하지 못해요. 그 사람들이 뭐라고 말했는지 못 들으셨어요?"

메르타 아줌마가 말했다.

"그래, 나도 들었다. 나도 들었어. 이웃 사랑을 알아야 하는 사람들이 그렇게 완고한 걸 보니 나도 슬펐어. 하지만 인내심을 가지고 하느님과 사람 앞에 겸손해야 해."

슈테피는 입을 다물었다. 메르타 아줌마를 아는 사람이라면 누구라도 인내와 겸손이 아줌마의 성품이 아니라는 것을 안다. 하지만 아줌마는 인내와 겸손을 갖추도록 스스로 싸워 나가고 있는지도 모른다. 아줌마의 종교가 그렇게 하라고 가르치니까.

슈테피는 방금 다린 원피스를 입고 기도실에서 메르타 아줌마 옆에 앉아 있었다. 넬리도 불만이 가득한 얼굴로 옆에 앉아 있었다. 넬리는 머리를 곱게 땋았다.

목사가 커다란 손을 모으며 말했다.

"기도합시다."

신자들이 모두 자리에서 일어섰다. 방금 다린 옷에서 바스락거리는 소리가 났고, 급하게 총총 걸음을 걷는 소리, 기도책이 바닥에 떨어지는 소리가 들렸다.

목사가 말했다.

"슈타이너 자매는 앞으로 나와 줄래?"

슈테피는 꼼짝도 하지 않았다. 슈테피는 앞사람의 의자 등받이를 꽉 붙들고 있었다. 목소리도 꽉 막혀 나오지 않았다. 가슴은 방망이질을 했다. 눈은 앞을 향했지만 슬쩍 곁눈질해 보니 옆자리의 넬리도 꼼짝하지 않았다.

목사가 다시 말했다.

"앞으로 좀 나오겠니?"

메르타 아줌마는 슈테피 옆구리를 슬쩍 쳤다. 마치 슈테피가 그 말을 못 들었거나 아니면 부끄러워서 앞으로 못 나가고 있기라도 한 것처럼.

슈테피는 입을 벌릴 듯 말듯 작은 소리로 말했다.

"싫어요."

목사는 당황한 것 같았다.

목사가 다시 말했다.

"기도합시다. 전쟁으로 고통 받는 사람들을 위하여, 또 집을 잃은 사람들을 위하여……"

그때 슈테피가 몸을 일으켰다. 하지만 슈테피는 목사를 향해 앞쪽으로 나가지 않았다. 등을 꼿꼿하게 세우고 아무에게도 눈길을 주지 않은 채 기도실을 빠져나왔다.

집에서는 부엌에서 에버트 아저씨가 기다리고 있었다. 아저씨는 아무것도 묻지 않았고 슈테피가 혼자 집에 온 것에 대해서도 아무 말하지 않았다.

"네가 와서 정말 좋구나."

아저씨는 이렇게만 말했다.

"작은 보트를 타고 막 바다로 나가려던 참이었는데. 정말 화창한 날씨야. 너도 같이 갈래?"

슈테피는 열심히 고개를 끄덕였다.

"얼른 옷 갈아입고 올게요."

원피스는 식탁 의자 위에 걸쳐 두었다. 집에 다시 돌아오면 창고 앞에 쳐놓은 커튼 뒤에 걸어 두면 된다. 슈테피는 낡은 치마와 블라우스를 입은 뒤 얼른 운동화 끈을 맸다.

저 아래 보트 선착장 위에서는 제니스가 일광욕을 하고 있었다. 제니스는 짧은 반바지를 입고 가슴에는 수건만 하나 달랑 묶었다. 제니스는 배를 대고 누워서 늘 하던 대로 책을 읽고 있었다. 커다란 밀짚모자로 햇빛을 가린 채.

선착장 위로 발자국 소리가 들리자 제니스는 몸을 일으켰다. 모자가 떨어지면서 머리카락이 후광처럼 머리 주변으로 물결치며 흘러내렸다. 제니스는 햇빛 때문에 눈을 깜빡거리며 웃음을 지었다.

제니스가 슈테피에게 말했다.

"비에르크 선생님은 도시에 갔어. 할 일이 좀 있대. 근데 오늘 저녁에는 돌아온다고 전해 달래. 내일 오전에는 평소처럼 공부할 수 있을 거야."

에버트 아저씨는 보트로 먼저 내려갔다. 슈테피는 아저씨가 제니스에게 눈길을 주지 않으려고 피한다는 걸 알아챘다. 이렇게 여성스런 아름다움을 보며 아저씨가 무슨 생각을 할지 슈테피는 궁금했다. 제니스의 햇볕에 달궈진 벌거벗은 몸, 아름다운 머리카락, 축 늘어진 발레리나의 다리를 보면서?

갑자기 슈테피는 제니스에게 화가 치밀었다. 제니스는 옷을 좀 입고 있든가 아니면 집에서 좀 떨어진 곳에서 일광욕을 해야 했다!

제니스도 그런 슈테피의 생각을 읽었는지 자리에서 일어

나 깔고 앉았던 수건을 어깨에 둘렀다. 아니면 작은 구름이 몰려와 태양을 가렸기 때문에 그렇게 했는지도 모른다.

제니스가 물었다.

"보트 타고 나갈 거니?"

슈테피는 짤막하게 대답했다.

"네."

슈테피는 제니스가 같이 가도 되는지 물을까 봐 걱정이었다. 이 순간만큼은 에버트 아저씨와 단둘이 있고 싶었다.

제니스가 말했다.

"아하."

에버트 아저씨가 말했다.

"슈테피, 어서 와."

슈테피가 대답했다.

"네. 지금 가요!"

슈테피가 보트를 바다로 밀어내고 에버트 아저씨가 노를 물 속에 던지는 동안, 제니스는 선착장에 서 있었다. 보트를 타고 약간 멀어질 때 슈테피가 몸을 돌려보니 제니스가 집 쪽으로 저만치 올라가는 것이 보였다.

슈테피는 뒤쪽에 앉았다. 노받이로 이용되는 나무쐐기에서 노가 삐걱거리는 소리가 들렸다. 노가 물 속에 들어가면

서 힘차게 철썩거리는 소리와 물보라가 배에 부딪치는 소리
도 들렸다. 이 리듬감 넘치는 소리는 슈테피의 마음을 조금
안정시켰지만 그래도 가슴을 짓누르는 압박은 여전했다.

"부모님에게서는 소식 있니?"

에버트 아저씨는 잠시 노 젓기를 그만두더니 슈테피의 눈
길을 살폈다.

슈테피가 말했다.

"없어요. 안 온 지 벌써 몇 주 되었어요."

에버트 아저씨가 말했다.

"그렇다고 희망을 버리면 안 돼. 얼마나 힘든지는 나도 알
아. 하지만 희망을 저버리면 안 돼. 전쟁도 이제 끝나 가. 연
합군이 이미 이탈리아에 진격했어. 앞으로 몇 달 후면 전쟁
이 끝날지도 몰라. 장기적으로 볼 때 악은 결코 이기지 못해.
내 말을 믿니?"

슈테피는 고개를 끄덕였다.

에버트 아저씨가 말했다.

"잘 이겨내라. 힘들긴 하지만 그래도 우린 이겨내야 해. 네
가 전 세계를 어깨 위에 짊어지고 있는 건 아냐. 다행스런 일
이지, 뭐. 그러기에는 네 어깨가 너무 좁으니까."

아저씨는 오른쪽 노를 물 속에 떨어뜨려 제자리에 맴돌기
시작한 배를 다시 움직였다.

아저씨가 말했다.

"이젠 네가 노를 좀 저어라."

두 사람은 자리를 바꿨다. 슈테피는 에버트 아저씨가 가르쳐 준대로 힘차게 노를 저었다. 몸을 움직이고, 힘을 쓰고, 팔을 죽죽 뻗는 게 좋았다. 그러자 가슴 한가득 공기가 채워졌다. 슈테피는 숨결은 더 가벼워지면서도 기분은 더 강해지는 걸 느꼈다.

그래, 슈테피는 이겨낼 것이다. 꼭 그럴 것이다!

29

다음 날은 무더운 8월의 첫 번째 일요일이었다. 마이가 드디어 가족과 함께 놀러 오기로 한 날이다. 아이들 일곱 명이 모두 왔다.

마이 엄마는 더위에 허덕이면서 이렇게 말했다.

"구스타브는 함께 못 왔어. 햇볕과 수영을 별로 안 좋아하거든. 남편은 도시에서 지내는 게 더 좋을 거야."

마이 엄마가 산다르나의 한 제과점에서 산 빵을 장바구니에서 꺼내 메르타 아줌마에게 건네자, 메르타 아줌마는 빵집에서 산 빵을 탐탁치 않게 여기면서도 고맙다고 말하며 커피와 함께 내왔다.

메르타 아줌마는 이날 아침에 예배에 참석했다. 슈테피는 선착장으로 마이 가족을 미중하러 가야 했기 때문에 예배에 함께 가지 않아도 되었다. 그건 슈테피로서는 잘 된 일이었다. 슈테피는 교회에 가고 싶지 않았다. 예전보다 더 가기가 싫어졌다.

마이 가족이 집에 오자 평소에는 아주 조용하던 집이 소음으로 가득 찼다. 비에르크 선생님은 마이의 전 가족이 온다는 소리를 듣고는 마이 가족에게 부엌과 거실을 사용하라고 내놓았다. 그 많은 식구들이 모두 함께 지하실에서 북적거리는 것보다는 그 편이 훨씬 낫다고 했다. 비에르크와 제니스 두 사람은 배를 타고 잠시 소풍을 나갔다가 저녁에나 돌아올 예정이라고 했다.

쿠레와 올레는 마당의 풀밭 위에서 축구를 했다. 둘이 시끄럽게 지르는 소리가 열린 창문을 통해 방 안까지 들려 왔다. 에리크는 이층 계단을 오르락내리락했다. 계단이 있는 집에 처음 와 봤기 때문이다. 슈테피의 낡은 곰 인형을 받은 닌니는 낡은 설탕 상자에다 천 조각으로 침대를 만들어 그 위에 곰 인형을 눕히고는 혼자 큰 소리로 대화를 나누었다. 군넬은 슈테피 무릎 위에 앉아 팔로 슈테피 목을 둘렀다. 브리텐이 라디오를 틀려고 하자 마이가 못하게 막았다.

"라디오 켜지 마, 브리텐! 라디오 안 켜도 시끄러워 죽을 지경이야."

마이는 물론 메르타 아줌마가 라디오에서는 뉴스와 찬송가를 듣는 것만 허락한다는 것을 알고 있었다. 세속적인 음악을 듣는 것, 그것도 주일에 그런 음악을 듣는다는 것은 메르타 아줌마가 보기에는 죄악이었다.

모두 모여 커피를 마시는 동안, 에버트 아저씨가 집에 왔다. 아저씨는 가장 좋은 양복과 흰 셔츠를 입고 있었다. 아저씨는 메르타 아줌마와 성령강림절교회에 갔다가 무슨 새로운 소식이라도 있는지 듣기 위해 먼저 부두에 들렀다 오는 길이었다.

에버트 아저씨가 말했다.

"'울프'를 끌어올렸대. 벌써 예테보리로 가고 있는 중일지도 몰라. 오늘 오후쯤이면 이곳을 지나갈 텐데."

여름 내내 잠수함 구조에 대한 작업이 이루어졌다. 잠수부들이 바다 밑에 들어가 조사했지만 사고 원인이 무엇인지는 아무도 정확히 몰랐다.

마이 엄마는 식량을 가져왔다. 본인과 아이들이 먹을 버터 빵과 계란 프라이를 모두 챙겨왔다. 메르타 아줌마가 마이 가족을 모두 식사에 초대하려 했지만 마이 엄마는 말도 안 된다며 거절했다.

"우린 식구가 너무 많잖아요! 이 집 식량을 모두 거덜 낼 수는 없어요! 자식을 일곱 명씩 데리고 다니는 사람은 뭐든 혼자 해결해야 하는 법이죠."

　수영을 하고 식사를 한 뒤, 모두 모여 부두로 내려갔다. 에버트 아저씨가 앞장서 가고, 그 옆에는 쿠레와 올레가 자랑스럽게 행진했다. 에버트 아저씨는 아이들에게 '다이애나'를 보여 주기로 약속했다. 아이들이 배에 올라타서 낚시 장비와 키를 구경해도 좋다고 허락했다. 에리크는 좋아서 폴짝폴짝 뛰면서 세 사람 뒤를 따라갔다.

　그 뒤에는 마이와 슈테피가 팔짱을 낀 채 따라왔다. 각자 어린 아이들을 한 명씩 손잡은 채. 브리텐은 그 뒤를 따라가며 두 사람의 대화에 끼어들려 애썼다. 마지막으로 메르타 아줌마와 덩치가 큰 마이 엄마가 뒤따라왔다. 마이 엄마는 커다란 꽃무늬의 여름 원피스를 입고 머리를 등 뒤로 가지런히 묶었다. 겨드랑이에는 땀자국이 배어 있었다. 두 사람은 아주 다른 듯하면서도 서로 잘 이해하는 것 같았다.

　섬에는 온통 조기가 걸려 있었다. 슈테피 일행이 집을 떠나기 전에 에버트 아저씨도 조기를 달았다. 조기는 '울프'의 죽은 선원들을 애도하기 위한 것이었다. 섬에서는 일요일이 언제나 축제 같은 날이었다. 하지만 오늘은 사람들 표정이 평소와 달리 심각해 보였다. 사람들은 성령강림절교회, 기도원, 일반 교회의 예배에 참석하고 난 뒤여서 외출복 차림이 많았다.

부두에서 조금 떨어진 곳에는 사람들이 많이 모여 있었다. '울프'가 지나가게 되면 이곳에서 가장 잘 보이기 때문이다. 슈테피 일행도 쿠레와 올레가 '다이애나'를 보러 가자고 성화하는 것도 아랑곳하지 않고 곳에 머물렀다.

에버트 아저씨가 말했다.

"가만히 좀 있어 봐. '다이애나'도 볼 시간이 충분해. 예테보리로 떠나는 배는 여섯 시에야 출발하니까."

메르타 아줌마와 마이 엄마는 돌 위에 앉았다. 에리크와 군넬은 주변을 뛰어다니며 놀았다. 에버트 아저씨는 쿠레와 올레에게 주변 섬들을 보여 주었다. 마이는 닌니를 무릎에 올린 채 자리에 앉았다. 슈테피도 마이 옆에 앉았다.

오래 기다릴 필요가 없었다. 그때 북서쪽에서 작은 호송 행렬이 나타났다. '울프'를 견인하는 배 외에 다른 배들도 있었다. 배들은 예테보리 방향으로 조용히 하구를 지나갔다.

쿠레가 말했다.

"에릭스베리로 가는 거야. 아빠가 일하는 조선소에서 일주일 내내 커다란 도크를 준비해 두었다고 들었어."

해변에 서 있던 사람들은 해군 함선들이 지나가자 조용해졌다. 수면 위로 잠수함의 형체가 뚜렷이 보일 정도로 가까운 거리였다.

잠수함 안에는 죽은 선원 서른 명이 잠들어 있었다. 대부분의 선원들이 이제 겨우 슈테피와 마이 또래밖에 되지 않았다. 강철로 만든 관 같은 배 안에 잠들어 있었다.

슈테피 일행은 호송 대열이 이웃 섬의 저 뒤편, 보이지 않는 곳으로 사라질 때까지 그 자리에 서 있었다. 축제다운 분위기도 점차 사그라졌다. 슈테피는 생각에 잠겼다.

한 여름의 더위 속에서 마치 차가운 바람 한 줄기가 휙 하고 스쳐간 것 같았다.

30

“메르타 아줌마?”

“응?”

메르타 아줌마는 막 깁고 있던 파란색 작업복에서 눈길을 뗐다.

슈테피는 며칠 동안이나 할 말을 미루고 있었다. 슈테피는 스스로 결정했고 또 옳은 결정이라는 걸 확신하면서도 메르타 아줌마에게 이 문제를 꺼내는 게 힘들게 느껴졌다.

“무슨 일이야?”

메르타 아줌마는 힘차게 실을 뚝 끊었다.

이제 슈테피는 말해야 했다. 메르타 아줌마의 표현대로 ‘가’ 라고 말을 꺼냈으니 ‘나’ 하고 뒷말을 이어야 했다.

“네…… 그러니까…… 저는…….”

“무슨 일이니, 얘야? 말하는 법을 잊어버리기라도 했어?”

이제다. 이제는 말해야 한다.

“성령강림절교회에서 탈퇴하고 싶어요.”

이 말은 두 사람 사이를 산처럼 가로막았다. 이 세 마디가 이렇게 많은 자리를 차지할 줄이야! 이 세 마디 말은 위협적인 침묵으로 온 방 안을 가득 메웠다.

메르타 아줌마는 아주 조용히 앉아 있었다. 아줌마는 실을 꿴 바늘을 쥐고 있던 오른손만 내려다보았다. 그걸로 뭘 하려고 했는지 잊어버린 사람처럼.

슈테피가 말했다.

“용서하세요. 용서해 주세요, 메르타 아줌마. 하지만 그래야겠어요.”

“확실하니?”

“네.”

“헌금 때문이야?”

“그것 때문만은 아니에요.”

“네 믿음을 잃어버렸니?”

한 번도 믿음을 가진 적이 없어요, 슈테피가 생각했다. 하지만 차마 그 말을 할 수는 없었다. 지난 몇 년 동안 슈테피는 위선적으로 기독교 신앙을 믿었다. 이제 진실을 밝히기에는 지금까지 너무 위선적인 신앙 생활을 해 왔다.

"네."

"믿음을 되찾을 수 있도록 나와 함께 기도하지 않을래?"

메르타 아줌마는 의자에서 일어섰다. 작업복이 바닥으로 떨어졌다. 메르타 아줌마는 딱딱한 부엌 바닥에 무릎을 꿇고 앉아서 두 손을 모았다.

메르타 아줌마가 기도했다.

"사랑하는 예수 그리스도님. 어둠 속에 헤매고 있는 우리 자매를 인도하소서. 자매에게 당신의 밝은 빛을 보여 주소서……"

메르타 아줌마의 뼈마디 굵은 손이 슈테피를 붙잡았다. 아줌마가 세게 붙잡지는 않았지만 슈테피는 그 가벼운 손길도 차마 내칠 수가 없었다. 슈테피는 아줌마 옆에 무릎을 꿇고 앉았다.

"이 자매가 당신 사랑을 위해 마음을 열 수 있도록……"

아니다. 슈테피는 예수의 사랑을 원하지 않았다. 그렇다면 이제 메르타 아줌마의 사랑까지 잃게 되는 걸까?

메르타 아줌마의 사랑. 처음으로 슈테피는 그런 생각을 했다. 메르타 아줌마가 자신을 사랑한다고. 슈테피는 알마 아줌마 집에서 처음 메르타 아줌마와 만나던 일을 떠올렸다. 얼음처럼 메르타 아줌마 둘레를 감싸던 그 냉랭함. 계단에서 아줌마에게서 뺨을 맞던 일, 슈테피가 알마 아줌마의 도자기로 된 강아지 인형을 훔쳤다고 해서 벌 받던 일이 떠올랐다. 또 메르타 아줌마가 슈테피를 감싸 주면서 '내 딸'이라고 불렀을 때 느꼈던 행복감도 떠올랐다. 엄마 아빠는 아주 멀리 계신다. 메르타 아줌마와 에버트 아저씨는 슈테피가 가진 유일한 사람들이다. 그렇다면 모든 것을 감수하고라도 예수를 받아들여야 하는 게 아닐까?

"…… 이 자매의 불안함을 가라앉혀 주시고……"

메르타 아줌마는 계속 기도했다.

불안함을 가라앉히다니. 이제 여름도 거의 끝나가는데 엄마 아빠에게서는 아무 소식도 없다. 부모님은 대체 어디에 계실까? 아직도 테레지엔슈타트에 계실까? 아니면 어디론가 다른 곳으로 출타했을까? 이 끔찍한 말은 유디트에게 들었지만 유디트는 그 말의 뜻을 설명하기를 거부했다.

넌 네 민족을 배반했어. 유디트는 이렇게 말했다. 그 말은 슈테피가 엄마 아빠를 배신했다는 뜻이다.

슈테피는 좀 더 노력했어야 했다. 부모님이 스웨덴으로 올 수 있을 때까지 포기하지 말았어야 했다. 슈테피가 이곳에 왔을 때 그렇게 어리지만 않았더라면 얼마나 좋았을까! 이제 슈테피가 거의 어른이 된 지금에 와서는 모든 게 너무 늦었다. 이제는 엄마 아빠가 수용소를 떠날 수 없게 되었다. 스웨덴이 부모님을 받아 주겠다고 허락하더라도 말이다.

"넌 기도할 줄 모르니?"

메르타 아줌마의 손이 슈테피 어깨 위를 가볍게 만졌다.

"기도해 봐!"

슈테피가 기도했다.

"하느님. 하느님, 당신이 계신다면 우리 엄마 아빠를 다시 만나게 해 주세요!"

슈테피의 뺨 위로 눈물이 흘러내렸다.

슈테피는 울었다.

"엄마. 우리 엄마가 여기 있었으면 좋겠어요."

메르타 아줌마가 슈테피를 담요로 감싼 뒤 식탁 의자에 앉히고는 따뜻한 꿀물을 타 주었다. 두 사람은 아무 말 없이 앉아 있었다. 밖에서는 8월의 저녁 해가 지고 있었다.

메르타 아줌마는 커피 잔을 만지작거렸다.

아줌마가 말했다.

"나도 알아. 내가 네 엄마를 대신할 수 없다는 거 말이야. 하지만 넌 항상 여기가 너희 집이라는 걸 잊지 마. 무슨 일이 일어나더라도 말이야."

슈테피가 말했다.

"죄송해요. 제가 너무 감사할 줄 모르는 것 같아 죄송해요.

하지만 저도 어쩔 수가 없어요."

"네가 죄송히 여길 건 없다."

메르타 아줌마는 커피를 한 모금 마셨다.

아줌마가 천천히 말했다.

"내가 그 생각을 안 한 건 아니야. 알마하고 내가 제대로 처신했는지 말이야. 너희들에게 세례를 주고 공동체에 들어오게 한 게 잘한 일인가 생각했었지. 하지만 난 예수님이 네게 위로를 줄 수 있다고 생각했어. 내가 그렇게 힘들어 할 때 예수님이 내게 위로를 주신 것처럼 말이야."

아줌마는 입을 다물었다.

슈테피가 낮은 소리로 물었다.

"안나 리사가 죽었을 때 말인가요?"

슈테피는 처음으로 메르타 아줌마 앞에서 안나 리사라는 이름을 꺼냈다. 슈테피는 알마 아줌마에게서 메르타 아줌마와 에버트 아저씨의 딸에 대한 이야기를 들었다. 안나 리사는 열두 살의 나이로 결핵에 걸려 죽었다. 에버트 아저씨는 알고 있었다. 슈테피가 섬에 온 첫 해 겨울에 선물로 준 빨간 썰매가 안나 리사 것이었다는 걸 슈테피가 안다는 사실을. 하지만 메르타 아줌마는 몇 년 동안이나 한 번도 죽은 딸아이에 대한 말을 꺼내지 않았다. 그래서 슈테피도 그 이야기는 하지 않았었다.

메르타 아줌마가 말했다.

"그래. 안나 리사가 죽었을 때 믿음이 없었더라면 난 견디지 못했을 거야. 그 후에 네가 우리 집에 오게 되었단다."

그날 밤, 슈테피는 엄마 꿈을 꾸었다. 엄마는 '밤의 여왕'처럼 검정색으로 반짝이는 벨벳 드레스를 입고 있었다. 엄마의 얼굴은 달처럼 창백했다. 엄마가 노래하는 것은 보였지만 목소리는 하나도 들리지 않았다.

31

"없어. 오늘도 안 왔네."

우체국의 여직원 홀름은 금테 안경 너머 슈테피를 불쌍하다는 듯 쳐다보며 말했다.

"하지만 내일은 틀림없이 편지가 올 거야."

슈테피도 동의하듯 고개를 끄덕였다. 홀름은 좋은 의도로 그렇게 말했다. 하지만 슈테피에게 기운을 북돋우려는 노력도 슈테피에게는 공허한 말에 지나지 않았다. 홀름도 슈테피와 마찬가지로 왜 엄마 아빠에게서 엽서가 안 오는지 알 길이 없었다.

슈테피는 편지를 판매대 위에 내려놓았다. 홀름은 봉투에 우표를 붙인 뒤 소인을 찍고 슈테피에게서 10외레짜리 동전

두 개를 받았다.

홀름이 말했다.

"내일 다시 들러 봐. 내일은 틀림없이 올 거야."

가게 앞 담장 위에는 넬리가 여름 숙박 손님의 딸인 모드와 함께 앉아 있었다. 둘은 큰 봉지 속에 든 사탕을 꺼내 먹고 있었다.

모드는 슈테피에게 봉지를 내밀며 물었다.

"언니도 하나 먹을래?"

슈테피는 사탕을 하나 꺼내 입 안에 넣었다. 끈적끈적하면서도 달았다.

모드가 말했다.

"하나 더 먹어!"

슈테피는 고개를 흔들었다.

슈테피가 넬리에게 말했다.

"엽서가 안 왔어. 오늘도 안 왔어."

넬리가 짤막하게 말했다.

"안 왔어?"

모드가 물었다.

"그럼 언니에게는 부모님이 안 계신 거나 다름없어? 넬리가 그렇게 말했어."

슈테피는 화가 나서 말했다.

"아냐. 안 계신 게 아니야. 우리 부모님은 그냥 여기 오실 수 없는 것뿐이야. 우선 전쟁부터 끝나야 해. 넬리, 그렇게 바보 같은 소리하고 다니지 마!"

넬리가 변명했다.

"우린 부모님이 안 계신다고 말한 적은 없어. 난 그저 우리가 여기 왔을 때 이 책에 나오는 것처럼……."

넬리는 모드 쪽으로 몸을 돌렸다.

"네가 빌려 준 책 말이야. 그 책 이름이 뭐였지?"

모드가 말했다.

"《앤의 청춘》."

아하, 넬리가 모드의 책을 빌려 읽는 모양이구나. 그건 잘된 일이네, 슈테피가 생각했다. 안 그러면 넬리는 독서에 별로 관심을 안 가질 테고 독일 작품도 읽을 기회가 없을 텐데. 학교에서 넬리의 성적은 중간 정도에 불과하다. 넬리가 2년 후에 초등학교를 졸업하면 장학금을 못 받을 것이다. 그 전까지는 전쟁이 제발 끝나야 할 텐데. 그래야 넬리가 계속 학교에 다닐 수 있지!

모드가 넬리에게 귀에다 뭐라고 속삭이자 둘은 킬킬대고 웃었다.

모드가 팔꿈치로 넬리 옆구리를 치며 말했다.

"네 언니한테 물어 봐!"

넬리가 말했다.

"싫어. 네가 직접 물어 봐!"

"싫어, 네가 물어 봐!"

넬리가 물었다.

"베라 언니의 아이 아버지가 누구야?"

베라는 이제 임신 5개월째가 다 되어가기 때문에 표가 많이 났다.

슈테피가 말했다.

"물론 베라의 약혼자지."

"그 사람 이름이 뭐야?"

"리카르드."

"언니도 알아?"

슈테피가 말했다.

"아니. 한 번 보긴 했지만 잘 몰라."

모드가 물었다.

"근데 왜 결혼 안 했대? 아기를 가지려면 결혼을 해야지."

넬리가 말했다.

"이건 죄악이야. 베라 언니가 한 짓 말이야."

넬리는 성령강림절교회 부인들이 흔히 그렇게 하듯 입을 삐죽여 보였다.

넬리가 말했다.

"죄~에~악이야."

모드도 따라하며 킬킬대고 웃었다.

"죄~에~악이야."

넬리가 말했다.

"알마 아줌마한테 들었는데 언니는 이제 크리스천이 아니라면서?"

"맞아?"

"응. 교회에서 탈퇴했어."

넬리가 말했다.

"예수님이 틀림없이 슬퍼하실 거야. 알마 아줌마가 그렇게 말했어."

모드가 말했다.

"예수는 슬퍼할 수가 없어. 예수는 죽었잖아."

모드는 웃었다. 넬리는 약간 당황해하는 것 같더니 금방 큰 소리로 과장되게 웃음을 터뜨렸다.

슈테피는 웃지 않았다. 넬리는 왜 저렇게 애써 모드의 말에 맞장구를 치려는 걸까?

홀름은 미래를 예언하는 능력이 있다고 할 수도 있겠다. 몇 주 동안 매일 똑같은 예언만 하지 않았더라면. 다음 날 홀름은 슈테피에게 보란 듯이 엽서를 내밀었다.

"엽서가 왔어!"

슈테피는 당장 엽서를 보고 싶어 안달이 났지만, 그렇게 하면 홀름이 엽서 내용을 낱낱이 캐묻기 전에는 슈테피를 절대 보내 줄 것 같지가 않았다. 그래서 슈테피는 아무렇지도 않은 척 태연하게 엽서를 주머니에 넣으며 말했다.

"감사합니다."

홀름은 실망한 것 같았다.

슈테피는 우체국 계단을 내려왔다. 엽서를 막 꺼내려고 하는데 근처에서 소란이 들렸다. 윽박지르는 남자 목소리와 여자 아이의 비명 소리였다.

"싫어요! 싫어! 날 내버려 둬요!"

목소리는 우체국 옆 가게의 열린 문 안에서 들려 왔다. 슈테피는 안을 들여다보았다.

모드가 가게를 뛰쳐나오더니 쏜살처럼 계단을 내려갔다.

하지만 비명을 지른 건 모드가 아니었다. 넬리였다.

슈테피는 우체국과 가게 사이의 자갈밭 위를 달려가 계단 다섯 개를 뛰어올라갔다. 훤한 바깥에 있다가 어두컴컴한 가게 안에 들어가니 눈이 제대로 적응하기까지는 잠깐 시간이 필요했다.

가게 안에는 가게 주인이 분노로 새빨개진 얼굴로 넬리의 땋은 머리를 붙잡고 있었다. 넬리는 엉엉 울고 있었다. 바닥에는 온갖 종류의 사탕들이 흩어져 있었다. 이층으로 올라가는 계단에는 실비아가 서 있었다. 슈테피를 발견하자 조롱하듯 웃었다.

슈테피 뒤에는 열린 문 뒤로 부인들 몇 명이서 구경하고 있었다.

슈테피가 소리쳤다.

"무슨 일이죠? 넬리를 놔 주세요!"

가게 주인이 소리질렀다.

"그랬으면 좋겠지. 하지만 도둑이 도망가도록 내버려 둘 수는 없지."

"내 동생은 도둑이 아니에요!"

가게 주인은 넬리를 붙잡은 손이 아닌 다른 쪽 손으로 바닥을 가리켰다.

"도둑이 아니라고? 네 눈으로 직접 보렴. 넬리 친구가 통조림을 하나 달라고 해서 내가 지하실로 내려간 동안 이 아이가 뭘 훔쳤는지 말이야."

부인들이 슈테피 옆을 지나 가게 안으로 들어왔다. 부인들은 여기저기 쳐다보면서 '어머나', '세상에'를 연신 남발하며 흥분했다. 가게 주인은 관중들 앞에서 더 신이 났다.

가게 주인이 말했다.

"한번 보세요! 유대 아이가 어떻게 했는지 보시라고요!"

넬리가 울면서 말했다.

"알마 아줌마에게는 말하지 마세요. 제발, 제발요. 알마 아줌마에게는 아무 말하지 마세요. 돈 다 드릴게요."

가게 주인이 부인들에게 말했다.

"실비아가 우연히 계단으로 내려왔답니다. 그때 이 작은 쥐새끼 같은 아이가 사탕을 훔치는 걸 봤지요. 여름 숙박 손님으로 와 있는 또 다른 아이는 망을 보고요."

실비아는 예쁘게 정리한 눈썹을 치켜떴다.

실비아가 말했다.

"틀림없이 이번이 처음은 아닐 거예요. 내가 내려왔으니 다행이지."

넬리가 울부짖었다.

"이번이 처음이었어요. 알마 아줌마에게 말하지 않으면 다시는 그런 짓 안 할게요."

가게 주인이 말했다.

"그랬으면 좋겠지. 착각하지 마. 린드베리 부인도 무슨 일이 있었는지 아셔야지. 외국에서 낯선 아이를 데려다 키우려면 말이야. 실비아, 넌 가게 좀 보고 있어. 다녀오마."

여전히 넬리의 땋은 머리를 꽉 붙든 채 가게 주인은 밖으로 나가 계단을 내려갔다. 자갈밭을 지나 알마 아줌마 집 쪽으로 걸어갔다.

슈테피가 애원했다.

"넬리를 풀어 주세요. 적어도 혼자 가도록 내버려 두시라고요."

가게 주인이 말했다.

"그래서 도망쳐서 어디 숨으라고? 아, 그렇게는 안 되지. 내게서는 쉽게 도망 못 치지. 이 애는 한번 제대로 맞아야 해. 따끔하게 맞도록 내가 얘기할 거야."

슈테피는 두 사람을 따라갔다. 그 외에 달리 무슨 방법이 있을까? 엽서는 치마 주머니 속에서 그만 잊혀졌다. 슈테피 뺨은 수치심으로 달아올랐다. 자기 동생이 도둑이라니.

32

가게에서 알마 아줌마 집까지는 그리 멀지 않았지만 그 길은 끝도 없는 것처럼 보였다. 넬리는 가게 주인의 커다란 손에 목덜미를 잡힌 채 앞에서 비틀거리며 걸어갔다. 슈테피는 자전거를 밀며 두 사람을 따라갔다. 사람들의 호기심어린 눈길과 마주치지 않으려고 길바닥의 흙먼지만 쳐다보았다.

마침내 알마 아줌마 집에 이르렀다. 모드 엄마는 정원에서 친구와 함께 앉아 있었다. 다른 사람은 보이지 않았다.

모드 엄마가 말했다.

"린드베리 부인은 지금 집에 없어요. 이웃 섬에 사는 친척 병문안을 갔어요. 두 아이도 데려갔죠. 오늘은 제가 넬리 저녁 식사를 챙겨 주기로 했어요. 아무 일도 없는 거죠? 왜 그 아이를 그렇게 붙들고 계시죠?"

놀랍게도 가게 주인은 그 질문에 아무 대답도 하지 않았다. 모드에 대해서도 말하지 않았다. 그 대신 넬리의 목덜미를 놓으며 투덜거렸다.

"이대로 끝날 거라고 생각하지 마. 오늘 밤에 린드베리 부인에게 전화할 테니까."

넬리는 가게 주인에게서 풀려나자마자 집 안으로 뛰어들어갔다. 여름 동안 알마 아줌마와 그 가족이 묵고 있는 지하실이 아니라 베란다 문을 통해 여름 숙박 손님들이 묵고 있는 위층으로 올라갔다. 슈테피는 모드 엄마에게 실례를 구한 뒤 넬리를 쫓아갔다.

넬리는 다락방 계단 아래 창고에 있었다. 처음에 슈테피는 넬리가 다친 짐승처럼 몸을 숨기기 위해 그 안에 들어간 줄 알았다. 하지만 다음 순간, 넬리가 뭔가 찾고 있는 것을 보았다. 넬리는 잡동사니 뒤로 작은 가방을 꺼냈다.

슈테피는 그 가방을 한눈에 알아보았다. 자매가 섬에 왔을 때 넬리가 들고 온 가방이었다. 슈테피도 똑같은 가방이 있었다. 그 가방은 슈테피가 빈에서 섬에 올 때 들고 왔었다. 섬에서 예테보리의 의사 집으로 옮길 때도, 그곳에서 비에르크 선생님 집으로 옮길 때도, 마침내 산다르나로 옮길 때도 그 가방은 함께 했었다. 이제 그 가방은 마이 집 창고 속에

틀어박혀 있다.

하지만 넬리 가방은 4년 동안 이 구석에 처박혀 있었다. 넬리는 스웨덴에 온 이후로 한 번도 이사하지 않았으니까.

"가방은 왜 꺼내?"

"언니는 알마 아줌마가 그 사실을 알고 난 후에도 날 데리고 있을 거라고 생각해?"

"바보처럼 굴지 마. 당연히 널 데리고 계실 거야."

넬리가 물었다.

"언니가 어떻게 알아? 게다가 나도 별로 여기 있고 싶지 않아."

"그래서 어디로 가려고?"

넬리는 어깨를 으쓱해 보였다. 넬리는 완강하게 보였지만 그래도 슈테피는 넬리의 아랫입술이 약간 떨리는 것을 놓치지 않고 보았다. 옛날에 넬리가 아직 어렸을 때 울음을 터뜨리기 직전의 모습처럼.

슈테피가 말했다.

"넬리. 알마 아줌마는 물론 화를 내실 거야. 하지만 그렇다고 해서 널 내쫓지는 않아. 그건 내가 확신해. 너도 잘 생각해 보면 그렇다는 걸 알 거야. 나는 그보다 더 나쁜 짓도 했지만 메르타 아줌마는 날 내쫓지 않았어. 메르타 아줌마가 얼마나 엄격한지는 너도 알잖아."

넬리는 슈테피의 말을 못 믿는 눈치였다.

"언니가 더 나쁜 짓을 했다고?"

슈테피가 말했다.

"그래. 알마 아줌마의 도자기 강아지 인형을 그냥 가져왔잖아. 기억 안 나? 또 가지 말라는 영화관에도 가고."

넬리가 말했다.

"그래서 언니는 성령강림절교회에 가서 용서를 빌어야 했지."

"그래."

"나도 그렇게 해야 될까?"

"그럴지도 모르지."

넬리는 작은 가방 위에 털썩 주저앉았다. 손으로 턱을 받쳤다. 넬리의 땋은 머리가 거의 바닥까지 내려왔다.

넬리는 바로 이런 모습으로 4년 전 예테보리의 기차역에 앉아 있었다. 자매가 자신들을 돌봐 줄 누군가를 기다리는 동안.

슈테피는 다락방 계단의 맨 아래 칸에 앉아 있었다.

"너, 왜 그랬어?"

넬리는 한숨을 내쉬었다.

"그건 말 못 해."

"왜 못 해?"

"비밀이니까."

모드구나, 슈테피가 생각했다. 넬리는 모드를 감싸고 있는 거야.

"모드가 네게 그렇게 하라고 시켰니?"

그러자 넬리는 울기 시작했다.

슈테피가 말했다.

"이제 다 말해 봐."

넬리는 울먹이며 말했다.

"모드가 이번에는 내가 사탕을 살 차례라고 말했어. 모드는 늘 돈이 있어서 사탕을 살 수가 있어. 하지만 난 돈이 없잖아. 내가 돈이 없다고 말하니까 모드는 그럼 가게에 가서 사탕 몇 개를 집어 오라고 했어. 아주 쉽다고. 모드는 가게 주인을 지하실로 유인하겠다고 말했어. 그럼 내가 사탕을 집어서 주인이 돌아오기 전에 도망가자고 했어."

슈테피가 말했다.

"그럼 모드도 똑같이 잘못했네. 어쨌든 잘못은 똑같아."

넬리가 신랄하게 말했다.

"그래서? 모드 엄마는 절대 모드에게 화 안 내. 뭔가 잘못되면 항상 혼나는 건 나야."

"그럼 왜 모드와 어울리니? 넌 네 친구들이 있잖아. 소냐도 있고."

넬리가 말했다.

"그 애가 날 좋아해. 내 말은 모드 말이야."

"하지만 소냐도 널 좋아하잖아?"

"그렇긴 하지. 하지만 소냐는 늘 내가 뭘 해 주기를 바라. 게다가 자기 할머니, 숙모, 사촌들이나 다른 섬사람까지 자기가 아는 사람들에 대해 쉴 새 없이 떠들어대. 또 크면 어떤 사람과 결혼하고 싶다는 둥."

슈테피가 말했다.

"하지만 소냐는 네 친구야. 그걸 잊지 마. 소냐는 네가 학교에 다닌 이후부터 네 친구였어. 소냐는 가을에 모드가 도시로 떠나고 나도 이곳에 있을 아이야. 네가 사는 이곳에 말이야."

넬리는 자리에서 일어섰다. 가방을 들더니 다시 창고 깊숙이 제자리에 넣어 두었다.

넬리가 물었다.

"언니, 같이 좀 있어 줄래? 알마 아줌마가 집에 오실 때까지?"

슈테피는 고개를 끄덕였다.

"그럴게."

자매는 가게 주인이 전화하기 전에 알마 아줌마에게 모든 것을 설명했다. 알마 아줌마는 화를 냈고, 넬리는 용서를 빌어야 했다. 우선 알마 아줌마에게, 다음에는 예수님에게 무릎을 꿇고 용서를 빌어야 했다. 그때 슈테피는 다른 곳으로 눈길을 돌렸다.

하지만 알마 아줌마는 가게 주인이 어떻게 처신했는지 듣고 나자 가게 주인에게도 마찬가지로 화를 냈다. 아줌마는 넬리에게 가게 주인에게 기죽을 필요가 없다고 말했다.

"어떻게 어린 아이에게 그럴 수가 있니! 크리스천다운 행동이 아니야."

슈테피가 물었다.

"모드는요? 모드 엄마에게는 아무 말씀 안 하실 거예요?"

알마 아줌마는 잠시 생각하는 듯했다.

"나도 모르겠어."

슈테피가 말했다.

"만약 그게 소녀였더라면 소녀 엄마에게는 당장 전화하셨겠죠."

알마 아줌마가 말했다.

"그랬겠지. 하지만 이건 문제가 달라. 다른 부류의 사람들이잖아."

"여름 숙박 손님이어서요?"

알마 아줌마가 말했다.

"모드 아빠는 교수님이셔."

"그래서요?"

알마 아줌마가 말했다.

"그렇게 따지지 마. 상급 학교에서는 그렇게 하라고 가르치든? 더 나은 사람들에게 반항하라고?"

"더 나은 사람이라고요? 돈과 훌륭한 직책이 있다고 해서 더 나은 사람인 건 아니에요."

알마 아줌마가 말했다.

"이제 그만 해."

바로 그 순간 모드 엄마가 위층에서 알마 아줌마에게 전화 왔다고 소리쳤다. 알마 아줌마는 위층으로 올라갔다.

넬리가 말했다.

"그럴 필요 없어. 내 생각에도 알마 아줌마가 모드 엄마와 그 문제에 대해 얘기할 필요는 없는 것 같아. 내일 소냐 만나러 갈게."

한참 길을 걷고 나서야 슈테피는 주머니 속에 엽서가 들어 있다는 사실을 깨달았다. 하지만 날이 어두워져서 읽을 수가 없었다.

이유는 모르겠지만 슈테피는 갑자기 급한 편지 같다는 느낌이 들었다. 그 작은 노란색 종이에 뭐가 적혀 있는지 당장 알아야만 했다.

자전거 램프가 슈테피 앞길을 반짝거리며 비추었다. 하지만 자전거를 멈추자마자 발전기에 전기가 들어오지 않아 램프가 꺼졌다.

램프 불빛에 엽서를 대고 읽는 동안 앞바퀴를 계속 회전시켜야 했다. 하지만 잘 되지 않았다. 마찰이 충분하지 않았다. 슈테피는 집에 도착할 때까지 편지 읽기를 기다려야 했다.

슈테피는 할 수 있는 한 힘껏 달렸다. 집 모퉁이에 자전거를 세워 두자마자 주머니에서 엽서를 꺼냈다. 지하실의 불 밝힌 부엌 창문 앞에 서서 슈테피는 편지를 읽었다.

1943년 7월 3일, 테레지엔슈타트

사랑하는 슈테피,

좀 더 일찍 편지를 보내지 못해서 미안하구나. 엄마는 지난 6월 17일에 티푸스로 돌아가셨단다. 슬픔은 이루 말로 다할 수가 없구나. 넬리가 상처받지 않도록 특별히 신경 써서 이 소식을 전해 주기 바란다.

아빠가

33

글자는 구십 개뿐이었다.

이 구십 개의 글자는 해변 아래 놓인 돌덩어리처럼 무겁게 다가왔다. 시커멓게, 꼼짝도 하지 않고. 슈테피를 바닥으로 내리눌러 질식시키려고 위협하는 무거운 짐과도 같았다.

조금 전까지의 그 다급함은 사라졌다. 슈테피는 온몸이 마비된 것 같았다. 엽서를 들고 있던 손이 천천히 아래로 떨어지더니 옆구리에서 축 늘어졌다. 발은 자갈 위에서 꼼짝도 하지 않았다.

하지만 두 다리도 슈테피를 지탱하지는 못했다. 지금까지 몸을 똑바로 지탱했던 모든 것들, 뼈, 근육, 연골 들이 모조리 무너져 내리는 것 같았다. 슈테피의 몸은 물가에 떠다니는 징그러운 해파리처럼 흐느적거리는 덩어리와 같았다.

슈테피는 소리를 지르고 싶었지만 목소리가 나오지 않았다. 입 밖으로는 흐릿한 신음 소리밖에 나오지 않았다.

슈테피는 어두컴컴한 구멍 속에 떨어졌다. 슈테피를 절망의 나락으로 잡아당기는 어두컴컴한 공허 속으로.

그때 메르타 아줌마가 지하실 문을 열었다.

"슈테피? 슈테피, 너니? 왜 안 들어오고 거기 있니?"

그런 뒤에 걱정하는 목소리가 다시 이어졌다.

"무슨 일이니? 왜 거기 누워 있어? 어디 아프니?"

슈테피는 입이 떨어지지 않았다. 메르타 아줌마는 슈테피를 일으켜 세워 조심스럽게 식탁 의자로 안내했다. 아줌마는 슈테피를 끌어안고는 슈테피의 검은 머리를 가슴으로 안아 주었다.

아줌마는 낮은 소리로 중얼거렸다.

"내 어린 아가, 내 사랑하는 어린 아가."

슈테피가 아무 말 하지 않았지만, 또 메르타 아줌마가 엽서에 적힌 독일어 편지를 읽을 수도 없지만 슈테피는 메르타 아줌마가 무슨 일이 있었는지 다 이해하고 있다는 사실을 알았다.

온몸이 몹시 아팠다. 몸은 햇빛 화상이라도 입은 듯이 옷에 스쳐 따끔거렸다. 천장 전등에서 나오는 불빛 때문에 슈테피는 눈을 뜰 수가 없었다. 눈을 감아도 불빛이 눈꺼풀 뒤에서 어른거렸다.

슈테피는 입 안에서 혀를 움직여 보려 했다. 혀는 마치 마비된 덩어리처럼 느껴졌다.

"메르타 아줌마…… 불 좀 꺼 주세요."

메르타 아줌마는 촛불을 켠 다음 천장 전등을 껐다.

"이제 좀 낫니?"

"네, 고마워요."

슈테피는 다시 눈을 감았다. 아주 조용히 누워 있었다. 이제 불빛이 사라졌다. 불빛 대신 장면들이 펄럭거렸다. '밤의 여왕'을 노래하는 엄마의 환영이 보였다. 소리는 들리지 않았지만 노래하는 모습은 보였다. 병실에 있는 엄마 모습. 서로 헤어지던 날 기차역에서 본 엄마의 모습. 빨갛게 칠한 입술은 마치 상처처럼 보였다.

슈테피는 떠나지 말았어야 했다. 엄마 아빠와 함께 살았어야 했다. 이제는 모든 게 너무 늦었다.

오늘은 가장 어두운 밤이었다. 가장 긴 밤이기도 했다. 아직 여름이지만 어두컴컴했다. 바다 위에는 묵직한 어둠이 걸려 있었다.

밤새도록 메르타 아줌마는 슈테피가 불안한 잠에서 뒤척이는 동안 곁을 지켰다. 한 번씩 여윈 손으로 슈테피의 뺨을

어루만져 주면서. 아이 없이 지내던 몇 년이라는 세월 이후
다시 어린 소녀를 집 안에 들이던 첫날밤에 그렇게 했듯이.

새벽은 비와 함께 밝아왔다. 비에르크 선생님과 제니스가
묵고 있는 위층 지붕 위로 시끄러운 빗소리가 들렸다. 지하
실에서는 빗줄기가 창문을 타고 내렸다. 메르타 아줌마는 촛
불을 끈 뒤 커피를 끓였다.

슈테피는 가슴에 따끔거리는 공허함을 느끼며 잠을 깼다.

죽었다. 엄마가 죽었다.

조금 전까지만 해도 메르타 아줌마가 앉았던 의자에는 비
에르크 선생님이 앉아 있었다.

비에르크 선생님이 말했다.

"얀손 부인은 잠시 쉬고 계셔."

슈테피가 아는 한, 메르타 아줌마는 낮에는 절대 쉬기 위
해 눕는 법이 없는 사람이다. 아무리 피곤해도 아무리 무릎
이 아파도 메르타 아줌마는 아침부터 밤까지 움직이는 것을
멈추지 않았다. 아줌마가 즐기는 유일한 휴식은 오전과 오후
의 커피 휴식 시간뿐이었다.

비에르크 선생님은 슈테피를 걱정스럽게 바라보았다.

선생님이 말했다.

"심각한 건 아냐. 얀손 부인이 어디 아픈 건 아니야. 어제

밤새도록 네 침대 옆을 지키셔서 피곤하신 거야."

그러자 슈테피는 흐릿한 어둠 속에서 슈테피에게 말하던 목소리, 뺨을 어루만지던 손길을 떠올렸다.

슈테피가 중얼거렸다.

"밤새도록, 아줌마가 여기 앉아계셨다고요?"

비에르크 선생님이 고개를 끄덕였다.

"너와 네 동생을 위해 정말 얼마나 마음이 아픈지 모르겠어."

넬리.

'넬리가 상처받지 않도록 특별히 신경 써서 이 소식을 전해 주기 바란다.'

"동생은 아직 소식을 모르니?"

비에르크 선생님의 목소리는 부드럽고 동정심으로 가득 찼다.

"몰라요. 내가 알려 줘야 해요."

비에르크 선생님이 말했다.

"네가 원한다면, 내가 동생 양어머니에게 전화할게. 그럼 양어머니가 넬리에게 전해 줄 거야."

슈테피는 고개를 흔들었다.

"아뇨. 제가 직접 얘기해야 해요."

"나도 그럴 줄 알았어."

슈테피가 침대에서 일어나 옷을 입자 선생님은 말없이 방을 나갔다. 모든 동작마다 시간이 아주 많이 걸렸다. 평소에도 블라우스 단추가 손가락에서 미끄러졌던가? 평소에도 샌들 끈을 매는 게 이렇게 힘들었던가?

"내가 함께 가 줄까?"

"고마워요. 하지만 혼자 가고 싶어요."

"가기 전에 커피와 버터 빵을 좀 먹는 게 좋을 텐데. 그래야 다시 기절을 안 하지."

사실 슈테피는 진짜 배가 고팠다. 자신도 닐리도 어제 저녁을 못 먹은 기억이 어렴풋이 떠올랐다. 슈테피나 닐리나 어제는 모드 가족과 함께 식사를 할 기분이 아니었다.

비에르크 선생님은 커피를 따르고 버터, 치즈, 빵을 식탁 위에 차렸다.

자매가 빈에서 살 때 엄마는 아이들이 학교에 가기 전에 항상 아침을 차려 주었다. 빵집에서 사온 방금 구운 빵과 뜨거운 코코아를 마셨다. 엄마는 아침 식사만큼은 직접 준비했다. 그 외에는 부엌은 요리사 차지였다.

"아침마다 우리 딸들 시중을 들어주고 싶어."

아침에는 엄마 모습이 달랐다. 립스틱도 칠하지 않았고, 아무렇게나 내려온 검정 머리는 엄마를 어린 소녀처럼 보이게 했다.

"아무도 네게서 추억을 빼앗아가지 못해."

이 말에 슈테피가 움찔하는 바람에 커피가 잔 받침 위로 흘러내렸다.

"뭐라고요?"

비에르크 선생님이 말했다.

"아무도 네게서 추억을 못 빼앗아간다고. 추억은 네 자신의 일부야. 네 어머니는 계속 너 안에서 살아계셔."

그 말이 슈테피의 가슴에 경련을 일으켰다. 눈물이 홍수처럼 온몸을 적셨다.

슈테피는 흐느껴 울었다.

"엄마. 엄마, 엄마! 내가 엄마 옆에 있어야 했는데!"

34

메르타 아줌마가 다시 부엌으로 와서는 알마 아줌마와 통화했다고 말했다.

아줌마가 말했다.

"넬리를 이리 보내 달라고 했어. 네가 직접 말하고 싶을 것 같아서. 오늘 밤에는 넬리와 함께 지내렴. 넬리가 원한다면."

슈테피는 현관 계단에 앉아 넬리를 기다렸다. 비는 그치고 구름도 걷혔다. 계단은 벌써 햇빛을 받아 바짝 말랐다.

'넬리가 상처받지 않도록 특별히 신경 써서 이 소식을 전해 주기 바란다.'

참 아름다운 날이었다. 가벼운 흰구름이 떠다니는 파란 하늘, 바다 위로 산산이 부서지는 햇살. 부드러운 바람이 슈테

피 얼굴을 어루만져 주었다. 엄마가 죽었는데 어떻게 날씨는
이렇게 좋을 수 있을까?

넬리는 자전거를 집 모퉁이에 세웠다.

넬리가 물었다.

"무슨 일이야? 알마 아줌마 말로는 언니가 중요한 할 얘기
가 있다던데."

"보트 선착장으로 가자."

넬리는 투덜거리며 물었다.

"무슨 일인데?"

슈테피는 대답을 하지 않았다. 슈테피가 바다를 향해 앞장
서서 걷자 넬리는 그 뒤를 따랐다. 선착장 가장자리에 둘이
나란히 자리를 잡고 나자 슈테피가 말했다.

"빈 우리 집의 어린이 방 생각나니? 이사하기 전에?"

넬리는 생각에 잠겼다.

"응."

잠시 후 넬리가 말했다.

"침대가 하얀색이었어. 언니 침대는 한쪽에, 내 침대는 맞
은편 쪽에 있었지."

"밤마다 항상 엄마가 우리 방에 들어와서 이불 덮어 준 것
도 기억나니?"

"응."

“또 무슨 기억이 나?”

“엄마에게서는 항상 좋은 향기가 났어. 불을 끄기 전에는 노래를 불러 줬어.”

“이 노래지?”

슈테피는 엄마가 들려 주던 자장가 가운데 한 곡을 흥얼거렸다.

“응. 기억이 나. 나중에 엄마가 그 노래로 피아노 치는 법을 가르쳐 줬어.”

슈테피가 말했다.

“그래. 넌 그때 참 어렸는데도 피아노를 잘 쳤지. 넌 엄마처럼 음악성이 있어. 엄마한테 물려받은 거야.”

넬리는 슈테피를 의심의 눈초리로 쳐다보았다.

“도대체 그런 이야기는 왜 하는 거야?”

슈테피는 입술을 꼭 깨물었다. 조금 전까지만 해도 슈테피는 넬리의 가시처럼 날카로운 껍데기를 깨버렸다고 믿었다. 하지만 그건 생각보다 훨씬 어려운 일이었다.

슈테피가 물었다.

“언젠가 네가 엄마 아빠가 우리를 생각하기는 하는지 물은 적이 있었지. 새해 전날이었어. 그때 내가 뭐라고 대답했는지 기억나니?”

넬리가 말했다.

"기억 안 나."

"그때 내가 이렇게 말했어. 부모님이 어디에 계시든 또 무얼 하시든 항상 우릴 생각하실 게 틀림없다고."

"그 말은 내가 부모님 생각을 많이 안 한다는 거야? 언니가 하고 싶은 말이 그거야?"

넬리는 자리에서 벌떡 일어섰다.

"그렇다면 언니 잔소리는 그만 들을래. 언니는 내게 죄책감만 줘."

대화는 여기서 끊겨 버린 것 같았다. 이제 슈테피는 그 말을 해야 했다.

슈테피가 말했다.

"기다려 봐. 네게 할 이야기가 있어."

"뭔데?"

"앉아."

넬리는 마지못해 앉았다.

"우리가 이곳으로 온지 두 번째 되던 해 겨울에 엄마가 아팠던 거 기억나지? 엄마와 아빠가 미국으로 이민가려고 하던 순간에 엄마는 폐렴에 걸렸었지."

넬리가 말했다.

"응. 물론 기억 나."

"엄마가 다시 아파. 수용소에서. 테레지엔슈타트에서."

“그래?”

넬리의 목소리에서 불안감이 느껴졌다.

슈테피가 말했다.

“아주 많이 아파. 티푸스야. 그게 어떤 병인지는 나도 잘 몰라.”

“하지만 아빠가 엄마를 보살펴 줄 거 아냐?”

이제 넬리의 목소리에서는 근심이 또렷하게 감지되었다.

슈테피가 말했다.

“넬리, 엄마가 돌아가셨어.”

한순간 아주 조용했다. 두 사람 다 꼼짝하지 않았다.

그때 갈매기 한 마리가 두 사람의 머리 위를 날았다. 넬리는 벌떡 일어섰다.

넬리가 소리질렀다.

“거짓말이야! 엄마는 안 죽었어! 언니가 날 벌 주려고 일부러 지어낸 거야. 언니는 항상 모든 걸 잘하는데 나만 나쁘고 바보라고 착각하잖아. 언니는 거짓말쟁이야!”

넬리의 검은 눈에서 눈물이 솟구쳤다. 넬리는 주먹으로 슈테피를 치면서 소리쳤다.

“언니는 거짓말쟁이야! 거짓말이야!”

슈테피는 넬리의 손목을 꽉 붙잡았다. 넬리는 빠져나가려고 발버둥을 치다가 결국 그만두었다. 넬리의 몸이 울음으로 떨려왔다. 슈테피는 넬리를 팔에 안고 꼭 끌어안았다.

넬리가 흐느껴 울며 말했다.

"내 잘못이야. 엄마가 죽은 건 내 잘못이야."

"그게 왜 네 잘못이니?"

"내가 알마 아줌마와 시구르드 아저씨의 딸이길 바랐기 때문이야. 난 알마 아줌마 외에 다른 엄마는 갖고 싶지 않았어."

슈테피가 말했다.

"잘 들어, 넬리. 네 잘못은 없어. 우린 이곳으로 소포처럼 보내졌어. 주소가 적힌 쪽지를 목에 걸고 말이야. 그건 우리 잘못도 아니고, 엄마 아빠 잘못도 아니야. 넌 그때 정말 어렸어. 난 널 잘 돌보겠다고 약속했지만 그러질 못했어."

"이곳에 온 첫날밤에, 언니가 메르타 아줌마와 가버렸을 때 난 언니를 다시는 못 만날 줄 알았어."

"나도 어쩔 수가 없었어. 그때는 따라가야만 했었어."

넬리가 말했다.

"아무도 어쩔 수가 없다면, 그럼 그건 누구 잘못이야?"

35

시간은 흘러갔다. 처음에 북받치던 쓰라린 고통은 먹먹한 슬픔으로 변했다. 엄마에 대한 그리움은 여전히 남아 있었고, 슈테피는 한 번씩 울었다.

비에르크 선생님이 메르타 아줌마에게 말했다.

"그냥 울게 내버려 두세요. 그래야 마음이 편해져요. 제가 알아요. 저도 슈테피 나이만할 때 엄마를 잃었거든요."

슈테피가 울면서 말했다.

"스웨덴에 오지 말았어야 했어요. 빈에 그냥 있었어야 했어요."

비에르크 선생님이 힘을 주어 말했다.

"아니야."

"맞아요. 난 거기 있어야 했어요. 엄마 옆에."

"그러면 너도 죽었을지 모르는데? 네가 죽는 게 네 엄마한 테 더 잘 된 일일까? 아니면 네 아빠한테? 내 말 믿어, 슈테 파니. 네 엄마가 돌아가시기 전까지 너희 자매가 보살핌을 받고 잘 지내고 있다는 걸 감사히 여기셨을 거야. 지금 네 아 빠를 지탱해 주는 게 뭐라고 생각하니? 너희 자매가 안전하 다는 바로 그 사실이야."

아빠. 얼마나 외로우실까.

"난 네 부모님을 몰라."

비에르크 선생님이 계속 말을 이었다.

"하지만 지금까지 네게 이야기를 듣고 한 가지만큼은 아주 확신하게 됐어."

"그게 뭐죠?"

"어떤 일이 일어나도 당장 포기하지 않는다는 거. 그게 바 로 네가 여기에 있는 의미야, 슈테파니. 네가 계속 살아서 네 인생에서 최선을 다해야 한다는 데에 의미가 있는 거야."

슈테피는 고개를 들어 비에르크 선생님의 맑고 진지한 눈 길을 보았다. 슈테피는 비에르크 선생님이 무슨 생각을 하는 지 알았다. 시험까지는 이제 3주밖에 남지 않았다. 슈테피가 김나지움의 1년을 월반할 수 있는지 없는지 결정하게 될 시 험이다. 슈테피는 이 시험이 자기와 아무 상관이 없는 것처럼 아주 멀게만 느껴졌다.

슈테피가 말했다.

"내가 해낼 수 있을지 모르겠어요. 지금은 말이에요."

비에르크 선생님이 말했다.

"난 알아. 넌 해낼 수 있어. 내일부터 다시 수업 시작하는 거야. 알았지?"

"네."

비에르크 선생님이 말했다.

"네 엄마가 널 아주 자랑스러워하실 거야."

서서히 일상이 다시 제자리를 찾았다. 오전에 슈테피는 위층으로 올라가 비에르크 선생님의 수업을 받았다. 이제 시험이 얼마 남지 않았으니 슈테피는 열심히 공부해야 했다.

모두들 슈테피에게 친절히 대해 주었다. 메르타 아줌마는 슈테피 비위를 맞춰 주고 저녁마다 슈테피가 좋아하는 음식들을 해 주었다. 비에르크 선생님은 슈테피의 기운을 북돋아 주고 제니스는 슈테피를 웃게 만들려고 애썼다. 에버트 아저씨는 집에 돌아와 슈테피를 작은 배에 태워 바다로 소풍을 나갔다. 아저씨는 별 말이 없었지만 슈테피는 규칙적인 노 젓는 소리를 듣고 에버트 아저씨의 눈을 보면 마음이 가라앉았다.

베라는 올해 처음 딴 나무딸기를 양철통에 담아 슈테피에게 주었다.

베라가 말했다.

"우리 둘 만의 장소에서 딴 거야."

베라는 여름이 지나면 예테보리의 가정부 일자리를 잃게 되었는데도 아주 쾌활하게 보였다. 여주인은 임신한 가정부는 쓰고 싶어하지 않았고, 리카르드는 아직도 집을 구하지 못했다. 그래서 아직은 둘이 결혼할 수 없었다.

베라는 자기 배를 두드리며 말했다.

"어떻게든 되겠지. 딸일까? 아들일까?"

슈테피가 말했다.

"딸일 거야."

베라가 말했다.

"그랬으면 좋겠어. 근데 아들 키우기가 더 쉬울지도 몰라."

슈테피 엄마의 죽음을 마이가 어떻게 알았는지는 몰라도 어느 날 마이에게서 긴 편지가 왔다. 마이는 슈테피에게 정말 안 된 일이며 어떻게든 슈테피를 도와주고 싶은 마음뿐이라고 편지에 썼다. 마이 가족 모두 슈테피에게 안부를 전하며 군넬은 슈테피를 공주로 그린 그림까지 넣어 보냈다.

슈테피는 아빠에게 편지를 썼다. 편지 쓰는 게 이렇게 힘든 적이 없었다. 슈테피는 몇 번이고 처음부터 다시 써야 했다. 만년필을 잡은 손이 떨렸다. 하지만 드디어 편지를 완성했다.

사랑하는 아빠,

엄마 아빠가 정말 얼마나 그리운지 모르겠어요. 지금은 돌아가신 엄마와, 그리고 만나지 못하는 아빠. 전 세상에서 누구보다 엄마 아빠를 가장 사랑해요. 부모님이 우리를 이곳으로 보내신 건 옳은 결정이었다는 거 알아요. 저는 운이 좋게도 이곳에서 저를 사랑해 주는 사람들을 만났어요. 그리고 언젠가 전쟁도 끝나고 말겠죠. 언젠가는 우리 서로 만날 수 있겠죠.

슈테피는 편지를 우체국으로 가져갔다.
그 편지는 반송되었다.
'출타중'
봉투에 이렇게 적혀 있었다.
출타중이라니. 어디로?

월반 시험은 이틀 동안 치른다. 슈테피는 비에르크 선생님과 제니스와 함께 예테보리로 떠났다. 여름 휴가도 이제 끝났다. 비에르크 선생님은 수업 준비를 해야 했고, 제니스는 대극장에서 다음 공연에서 맡은 역할을 연습해야 했다.

슈테피는 시험에 합격했다. 준비를 잘 했기 때문이다. 시험을 치르는 이틀 동안은 마이 집에서 잤다. 하지만 시험이 끝나고 여름 방학의 마지막 일주일을 섬에서 보냈다. 마이를 다시 만나 기뻤다. 마이의 가족 모두도. 마이 엄마는 슈테피를 끌어안고 양 볼에다 입을 맞춰 주었다. 군넬은 슈테피 무릎 위로 기어올라왔다. 밤에 마이와 슈테피는 잠들기 전에 서로 한참 동안 이야기를 나누었다.

둘째 날 슈테피는 오후 일찍 시험을 끝냈다. 슈테피는 오후 3시 배를 타고 섬으로 갈 수도 있었지만 저녁때까지 기다리기로 했다. 할 일이 있었기 때문이다.

4시 30분에 슈테피는 유대인 어린이집 문의 초인종을 눌렀다. 수지가 뚱한 얼굴로 문을 열었다. 수지는 처음에는 슈테피를 못 알아보다가 잠시 후 기억해 냈다.

"들어와."

"유디트 있니?"

"아니. 아직 안 돌아왔어. 휴게실에서 기다려."

슈테피는 휴게실의 딱딱한 의자에 앉았다. 어디선가 여자 아이들이 서로 소리치는 소리가 들렸다. 몸집이 큰 여자 아이가 책을 가지러 들어왔다가 슈테피를 보고 고갯짓을 했다.

“누굴 기다리는 거야?”

“응. 유디트 기다려.”

“빈에서 함께 학교 다녔던 친구니? 섬에서 사는?”

“응, 맞아.”

슈테피는 이렇게 대답하면서 유디트가 자신에 대해 뭐라고 설명했을지 궁금했다. 하지만 이 소녀는 다정하게 웃으며 책을 겨드랑이에 낀 채 나가 버렸다.

20분 후 드디어 유디트가 왔다. 수지가 이렇게 외치는 소리가 들렸다.

“유디트, 손님 왔어!”

슈테피가 자리에서 일어나는 순간 유디트는 놀란 얼굴로 문가에 나타났다.

“슈테피, 여기서 뭐하는 거야?”

여기 오지 말았어야 했는데, 슈테피가 생각했다. 유디트는 날 만나고 싶어하지 않는다.

하지만 유디트는 슈테피에게 다가와 양손으로 슈테피의 손을 덥석 잡았다. 유디트의 눈이 반짝였다.

“와 줘서 정말 기뻐! 그때는 내가 정말 바보처럼 굴었어. 날 용서해 주겠니?”

슈테피가 말했다.

“괜찮아. 네 말도 나름대로 일리가 있어. 나도 지금은 성령강림절교회에서 탈퇴했어."

"정말? 나한테 화난 게 아니라니 정말 기뻐. 넌 유일하게 내가 예전부터 알던 친구야."

슈테피가 말했다.

"유디트, '출타중'이 무슨 말이니?"

유디트의 웃음이 사라졌다.

"네 부모님 얘기니?"

"아빠 얘기야. 엄마는 돌아가셨어. 지난 유월에. 나도 몇 주 전에야 알게 되었어. 넌 '출타중'이 무슨 말인지 알지?"

유디트가 말했다.

"이동을 말하는 거야. 다른 수용소로 말이야. 폴란드로 갔을지도 몰라. 그곳에서는 편지가 안 와. 그곳으로는 편지를 쓸 수도 없고 소포도 못 보내."

"거기서 무슨 일이 있는 건데?"

유디트가 말했다.

"나도 몰라. 아무도 정확히 몰라. 희망할 뿐이야."

"뭘 희망해?"

"전쟁이 곧 끝날 거라고 희망하는 거지. 모두 죽기 전에 전쟁이 당장 끝나야 한다는 희망 말이야."

섬에서 보내는 마지막 휴가 동안 공기는 차가워졌고 바다

색도 한결 짙어진 느낌이었다. 가을이 다가오고 있었다.

월요일에 에버트 아저씨는 다른 어선 몇 척과 함께 '다이애나'를 타고 바다로 나갔다. 함께 고기잡이를 하는 게 가장 안전했다. 혹시라도 어선 한 척이 수뢰를 건드리게 되더라도 말이다. 여름 동안에 이런 사고가 많이 일어났지만 죽은 사람은 한 명도 없었다.

수요일 저녁에 벌써 어선들이 돌아왔다. 어선 두 척만 빼고 모두. 어선 두 척과 선원들이 실종되었다.

에버트 아저씨가 말했다.

"그들이 배들을 침몰시켰어. 고의로 말이야. 눈앞의 배가 어선인지 군함인지 구분을 못하는 사람은 아무도 없어. 독일군이라고 하더라도 말이야. 그들은 우리를 겁주려고 했어. 아주 무서웠어. 그들은 아주 가까이 다가왔기 때문에 우리 배들의 이름과 번호를 틀림없이 봤을 거야. 다음번에는 남은 우리를 공격할걸."

그 주에는 아무도 고기를 잡으러 바다에 나가지 않았다. 주변의 섬들과 해안을 따라 나 있는 다른 어촌에서는 항의시위가 열렸다. 사격이 있었을 때 가까이 있었던 배들은 배 이름과 번호를 바꾸기로 결정했다. 어떤 어선도 아주 안전하지는 않겠지만 그래도 이들이 노출되었을 위험이 가장 크기 때문이다.

에버트 아저씨가 말했다.

"리버티 어때? 자유라는 뜻이지. 이 이름이 마음에 드니, 슈테피?"

슈테피는 고개를 끄덕였다.

"예쁜 이름이에요."

"아니면 네 엄마 이름이 뭐였다고? 엘리자베스라고 했니?"

"네."

"네 엄마 이름을 따서 지을까?"

"배 이름으로 괜찮을까요?"

에버트 아저씨가 말했다.

"그럼. 아주 예쁜 이름이지."

슈테피는 둥그런 뱃머리 위에 새 이름을 칠하는 걸 도왔다. 커다란 검정 글씨로 '엘리자베스'라고 썼다. 섬 이름과 배 번호는 에버트 아저씨가 칠했다.

아저씨가 말했다.

"다음 주에 다시 바다로 나가. 독일군들이 우릴 쉽게 놓아주지는 않을 거야. 하지만 이제 곧 그 사람들이 겁먹을 차례가 오겠지."

36

9월의 세찬 폭풍우 속에서 슈테피는 불과 수면 위로 몇 미터밖에 올라오지 않은 절벽 위에 서 있었다. 바람이 휘몰아치고 돌풍이 일면서 파도가 이리저리 산산이 부서졌다. 파도는 바닷가에 하얀 물거품을 남겼다.

이제 슈테피는 바다에 대해 잘 알았다. 에버트 아저씨가 바다에 대해 많은 것을 가르쳐 주었다. 이제 슈테피는 끝없는 바다를 무서워하지 않았다. 하지만 엄청나게 깊은 바다, 또 날씨와 바람에 따라 순식간에 변하는 바다에 경외심을 품었다.

이젠 다시 옛날처럼 되돌아갈 수 없다. 오래 전, 슈테피가 스웨덴에 왔을 때 슈테피는 다시 한 가족이 모여 살게 되리라고 믿었다. 엄마, 아빠, 자매 이렇게. 하지만 이젠 다시는 그렇게 될 수 없다는 걸 안다. 엄마가 돌아가셨다. 아빠는 사라지셨다. '출타중' 이라니. 그리고 슈테피도 이젠 어린아이가 아니다.

열여섯 살이다. 거의 어른이 되어 간다.

유년기는 끝났다.

한 달 전부터 슈테피는 새 학년에서 공부하고 있다. 힘들고 열심히 공부해야 하지만 슈테피는 새 반이 마음에 들었다. 반 친구들은 차분했다. 그리고 세상에서 일어나고 있는 일과 장래의 꿈에 대해 이야기를 나눴다. 선생님이 되고 싶다거나 약사가 되고 싶다거나 슈테피처럼 의사가 되고 싶어 했다. 엔지니어가 되고 싶다는 아이도 있었다.

매일 아침 슈테피는 마이와 함께 전차를 타고 학교에 갔다. 낮에는 복도, 학교 운동장, 식당에서 한 번씩 만났다. 학교가 끝나면 서로 기다려 주면서 전차를 함께 타고 산다르나로 왔다.

아주 거센 파도가 몰려오더니 슈테피 발 앞에서 새하얀 거품으로 산산이 부서졌다. 일곱 번째 파도가 다른 파도보다 더 세다고 한다. 왜 하필이면 일곱 번째 파도가 가장 셀까?

더 남쪽으로 내려가면 또 다른 바닷가에서는 연합군이 막 유럽 대륙으로 상륙하고 있었다.

"이건 종말의 시작이 아니라, 시작의 종말입니다."

라디오에서 누군가 이렇게 말했다. 앞으로 또 얼마나 시간이 걸릴까?

슈테피는 바위에 앉아 무릎을 끌어안고 그 위에 턱을 기댔다. 규칙적인 파도 소리가 슈테피를 휘감으면서 슈테피의 숨소리는 더 조용해졌다. 바닷가 저 멀리에서 작은 형체가 하나 다가왔다. 형체가 가까워지면서 넬리라는 걸 알 수 있었다. 넬리는 양말과 신발을 벗고 맨발로 바닷가를 걷고 있었다. 바닷물이 벌써 아주 차가워졌는데도 말이다.

슈테피는 자리에서 일어서 손을 흔들었다.

"넬리!"

등 뒤에서 역풍이 불어 슈테피의 목소리는 넬리에게 잘 전달되었다. 넬리는 절벽 위를 올려다보더니 손을 흔들었다.

슈테피는 다시 자리에 앉아 넬리가 오기를 기다렸다. 해변을 따라 걷는 것은 생각보다 더 오래 걸리는 법이다. 작은 만이 많아서 돌아와야 하거나 돌무더기를 기어올라야 하기 때문이다.

넬리는 손에 양말과 신발을 들고 바위를 올라와 슈테피 옆에 앉았다. 자매는 아무 말 없이 서쪽 수평선을 바라보았다. 바다 저 먼 곳은 밝은 은빛으로 반짝였다. 육지 가까운 곳의 바다는 짙은 구름으로 덮인 하늘 때문에 회색빛으로 물들여졌다.

마침내 넬리가 이렇게 입을 열었다.

"미국은 결국 못 가는구나."

"그래."

"언니가 종종 미국 애기해 줬잖아. 고층 빌딩과 도로마다 자동차로 넘치는 대도시 말이야. 기억나?"

"응."

넬리가 말했다.

"언니가 날 위로해 줬지. 내가 아직 어렸을 때."

슈테피는 넬리를 바라보았다. 넬리의 얼굴은 차분하고 밝았다.

"난 언니한테 화가 많이 났었어."

넬리는 계속 말을 이었다.

"난 언니가 내가 이곳에서 마음 편히 지내는 걸 싫어하는 줄 알았어. 언니는 계속 불평이나 하면서 내가 죄책감을 갖도록 한다고 생각했거든."

"나도 널 충분히 돌보지 못해서 죄책감이 들었어. 난 그걸 엄마 아빠에 대한 배신이라고 생각했었거든."

슈테피와 넬리는 조용히 앉아 끝없는 바다를 바라보았다. 슈테피는 넬리의 손을 잡았고 넬리도 언니의 손을 뿌리치지 않았다.

“이젠 우리가 서로 돌보아 주어야 해.”
넬리가 말했다.
“그래.”
슈테피도 맞장구쳤다.
“이젠 그렇게 하자.”

옮긴이의 말

　슈테피와 넬리 자매를 주인공으로 하는 연작 중에서 이 작품은 특히 더 아름답고 감동적입니다. 이 작품에서 슈테피는 서서히 어른이 되어 갑니다. 슈테피는 어른이 되어 가는 섬세한 변화와 감정을 부모님과 함께 나누고 싶어하지만 부모님은 아직 멀리 계십니다. 동생 넬리를 잘 돌보라는 부모님의 부탁도 슈테피에게는 벗을 수 없는 짐입니다. 마냥 어린 동생 같던 넬리는 점점 낯설어지고 멀어지면서 슈테피의 마음을 아프게 하지요. 이제 전쟁이 끝나도 네 식구가 다시 옛날처럼 살 수 없을 것만 같아 슈테피는 불안해집니다.

　이렇듯 세월은 많은 것을 변화시켰습니다. 그 동안 슈테피는 사랑하는 엄마를 떠나보냅니다. 이 세상에 하나밖에 없는 존재, 그 이름인 '어머니'는 이제 슈테피의 추억 속에만 머물게 되지요. 아무리 사랑하는 사람들이 곁에 있다고 하더라도 누구도 대신해 줄 수 없는 유일한 존재가 어머니입니다. 여자의 인생은 어머니가 되면서 희생과 봉사의 인생을 살기 마련인가 봅니다. 슈테피는 모차르트의 오페라 〈마술피리〉

의 '밤의 여왕' 역을 맡기를 고대했던 엄마의 꿈을 떠올리면서 처음으로 '어머니'가 아닌 한 '개인'으로서의 엄마를 생각해 봅니다. 한때는 꿈과 희망을 가꾸었을 엄마, 하지만 자식을 낳고서는 철저히 희생하기만 하는 엄마, 자신의 처지는 비참하기 이를 데 없지만 좋은 곳에서 안전하게 지낼 자식 생각에 편히 눈 감을 수 있는 게 우리의 '어머니'입니다.

'엄마가 죽었는데 어떻게 날씨는 이렇게 좋을 수 있을까?'

정말 가슴을 미어오는 슬픔이란 화창한 날 느끼는 슬픔입니다. 비 오는 날이나 궂은 날에는 누구나 기분이 우울해져 슬픔이 정당화되지만 화창한 날 느끼는 슬픔은 더 낯설고 잔인하게 다가오는 법입니다. 그래서 화창한 날에는 슬픔도 한결 견디기 힘들어지지요. 화창한 날, 계단에 앉아 넬리에게 엄마의 죽음을 알리기 위해 기다리던 슈테피의 모습은 처연하다 못해 눈물이 날 정도입니다.

슈테피와는 달리 넬리가 스웨덴 생활에 잘 적응해 가는 모습에서 기특함이 아니라 오히려 안쓰러움이 느껴지는 것은 왜일까요? 아주 어린 나이에 낯선 나라에 와서 스웨덴 사람처럼 되고 싶고, 스웨덴 양부모님이 진짜 부모님이었으면 하고 바라는 철부지 넬리는 엄마의 죽음에 죄책감으로 괴로워합니다. 그러고는 이런 불행한 사태들에 대해 '아무도 어쩔 수가 없는 일이라면 그건 누구 잘못인지' 묻습니다. 그렇다면 전쟁은 과연 누구의 잘못일까요?

이 문제와 함께 작가는 종교와 이웃 사랑에 대해서도 예리하게 지적합니다. 진정한 신앙과 이웃 사랑이란 둘이 아니라 하나입니다. 종교적 신앙과 믿음은 이웃 사랑을 통해서 나타날 때 참된 것이 됩니다. 말로만 하는 게 신앙이 아니고, 더군다나 관념만으로 신앙이 이루어지는 건 아닙니다. 그런 점에서 저는 작가에게 많은 애정과 존경을 느낍니다. 이 작품에서 하느님이라고 대변되는 우리의 '신'은 우리가 서로 사랑하고 돕고 이해함을 통해서 살아 계십니다. 종교가 다르다고, 인종이 다르다고, 신분이 다르다고 싸우는 것은 전적으로 '신'에 반대하는 행동입니다. 그러니 종교 전쟁이란 말은 얼마나 모순적인 말인가요. 종교는 '화해'와 '일치'를 말하는데 '화해 전쟁'과 '일치 전쟁'이란 게 있을 수 있을까요.

슈테피 부모님은 슈테피와 넬리를 몹시 사랑했기 때문에 그 어린 자매를 머나먼 스웨덴으로 보냈습니다. 엄마의 죽음으로 슈테피는 끝까지 엄마 곁을 지키지 못한 걸 가슴을 치며 후회합니다. 하지만 슈테피의 엄마는 슈테피가 마냥 슬퍼하면서 아무것도 안 하기를 원할까요? 늘 죽은 엄마를 그리며 죄책감에 사로잡혀 지내기를 바랄까요? 그건 분명히 아닙니다. 슈테피의 선생님인 비에르크 선생님의 말씀처럼 '어떤 일이 일어나도 당장 포기하지 않는 게 바로 인생의 의미'

입니다. '계속 살아남아서 인생에서 최선을 다하는 것이 우리가 살아가는 의미' 아닐까요?

슈테피는 엄마의 죽음이라는 혹독한 경험을 치르며 어른이 되어 가고, 인생의 의미에 눈을 뜹니다. 바다를 잘 알게 된 슈테피가 이제 깊은 바다를 두려워하지 않듯이, 날씨와 바람에 따라 순식간에 변하는 바다에 경외심을 품듯이, 인생이라는 깊은 바다 역시 두려워하지 않습니다. 궂은 날씨와 심한 비바람이 불 때도 있겠지만 슈테피는 인생을 경외하는 마음으로 자신의 미래를 바라봅니다. 이제 슈테피와 넬리 자매 이야기는 마지막 4부만을 남기고 있습니다. 4부에서는 부디 슈테피가 희망을 볼 수 있기를 간절히 기원해 봅니다.

임정희